ULTRAMAN SUIT ANOTHER UNIVERSE
8U編
ストーリー 長谷川圭一
設定協力 谷崎あきら
原作 『ULTRAMAN』 清水栄一×下口智裕／円谷プロ

ダイゴ
TIGA SUIT

TIGA SUITの装着者。別の世界からの来訪者であり、ガタノゾーアにより故郷を滅ぼされた過去を持つ。“力”を使い果たし赤子の姿になったユザレとともに行動する。

ジャック
JACK SUIT

「MAT」の一員。筋骨隆々な大男であり、それに見合った大型のSUITを装着する。

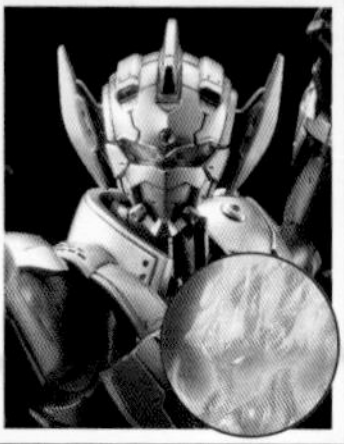

東 光太郎
TARO SUIT

赤い炎に身を包まれた戦士。

薩摩次郎
ZERO SUIT

ダイブハンガーの建設作業員として働く青年。意志を宿したULTRAMAN SUIT―ZERO SUITと共鳴し、装着者となったことをきっかけに科特隊に協力する。

早田進
ZOFFY SUIT

進次郎の父で、かつてウルトラマンと同化していた男。長い間その記憶を失っていたが、自分がウルトラマンだったことを思い出しZOFFY SUITを装着して戦うようになる。

北斗星司
ACE SUIT

進次郎が通う高校の後輩であり、ACE SUITを装着する少年。過去の事件により身体の大部分を損傷し、異星人「ヤプール」により手術を施されている。科特隊に協力する。

諸星弾
SEVEN SUIT

科特隊に所属する青年。SEVEN SUITを装着し、冷徹に任務をこなす仕事人。科特隊においては進次郎の先輩にあたり、進次郎に戦いの厳しさを叩き込んだ。

早田進次郎
ULTRAMAN SUIT

かつてウルトラマンと同化したハヤタ・シン(早田進)の息子であり、「ウルトラマンの因子」を受け継ぐ少年。ベムラーの襲来を受けてULTRAMAN SUITを装着し、その後科特隊に入隊する。

レネ・アンダーソン

特殊な力を持つ女性。

マヤ

ムキシバラ星人により電子生命体に改造された「マゼラン星人」。かつてはムキシバラ星人に仕えていたが感情を取り戻し離反。現在はアンドロイドの身体に意識を移し、贖罪のために科特隊のオペレーターを務めている。

エド

ゼットン星人の末裔。指揮官 兼 星団評議会の連絡役として、井手とともに科特隊の指揮を執り、進次郎たちをサポートする。

井手光弘

早田とは旧知の仲の科特隊隊員。表向きは「光の巨人記念館」局長を務めつつ、裏では科学技術研究所の所長として活動。ULTRAMAN SUITの開発を主導した天才エンジニア。

【登場人物紹介】

ULTRAMAN SUIT ANOTHER UNIVERSE
8U編

CHARACTERS

ULTRAMAN

ウルトラマン

ULTRAMANとは?

光の巨人、ウルトラマンが地球を去ってから時が経った世界。異星人の侵略や怪獣災害はもはや過去の出来事となり、地球では平穏な日々が続いていた。

ウルトラマンと同化した過去を持つ早田進の息子、進次郎には生まれつき超人的な力があった。それは進次郎がウルトラマンの因子を受け継いだ証。「始まりの敵」ベムラーの襲撃を受け、今までの平和がまやかしだったと知った進次郎は、運命に誘われるようにULTRAMANとしての戦いに身を投じる。

これは、新時代のウルトラマンの物語。

ULTRAMAN SUIT ANOTHER UNIVERSE

『ULTRAMAN』世界のもう一つの宇宙-アナザーユニバース。原作には登場しないULTRAMANが活躍する、あり得たかもしれない物語。

ULTRAMAN SUIT ANOTHER UNIVERSE

STORY Episode: TIGA

人間が異形化する怪事件の現地調査に赴いた進次郎と諸星は、未知のULTRAMAN SUIT「TIGA SUIT」と遭遇。その装着者であるダイゴは別の世界からの来訪者であり、少女ユザレとともに怪事件を追っていた。
事件の真相は同じく異界から来た闇の信奉者—カミーラ・ダーラム・ヒュドラによる“儀式”であった。ダイゴと科特隊の混成チーム「GUTS」は儀式を阻止するために戦うが、一歩及ばずEVIL TIGA SUITを覚醒させてしまう。
そしてEVIL TIGAにより開かれた異界の門から“邪神”ガタノゾーアが復活。すべてを闇に染め上げるが、最後まで希望を捨てなかったULTRAMAN達がEVIL TIGAとガタノゾーアを撃破。世界に再び光がもたらされた。

Episode: ZERO STORY

上海—ガタノゾーアが引き起こした惨劇の跡地「グランドーム」には異界に繋がる時空歪曲点が発生しており、そこに科特隊の前線基地「ダイブハンガー」を建設する計画が進められていた。
しかし、時空歪曲点を介して異界からの侵略者が出現。ダイブハンガーの建設作業員として働く青年・薩摩次郎は命の危機に瀕するが、突如出現したZERO SUITをその身に纏い侵略者の一味であるエクスベス星人を撃破する。
次郎の命を救ったZERO SUITには、かつて異界からの侵略者に故郷の星を滅ぼされた戦士の意志が宿っていた。彼と心を通わせ、ウルトラマンとして戦うことを決めた次郎は進次郎ら科特隊とともに異界突入作戦を決行。侵略者・ムキシバラ星人を打ち倒した。しかし、それは氷山の一角に過ぎない。大いなる闇の存在がついに動き出そうとしていた。

PHOTO GALLERY

〔フォトギャラリー〕 月刊ホビージャパンでの連載で掲載したカットを一部掲載します。

第一話 恐怖のルート89 前編 より　（月刊ホビージャパン2021年12月号掲載）

第四話 ブギーマンの夜 後編 より　（月刊ホビージャパン2022年3月号掲載）

使用キット:Figure-rise Standardシリーズ　作例制作:日野☆鷹／小澤京介

第五話 史上最大の決戦・序章 より　（月刊ホビージャパン2022年6月号掲載）

第九話 英雄たちよ、永遠に より　（月刊ホビージャパン2022年10月号掲載）

第七話 故郷なき者たち より｜(月刊ホビージャパン2022年8月号掲載)

ULTRAMAN SUIT
ZERO/SH
GLITTER
TIGA SUIT

ULTRAMAN SUIT ANOTHER UNIVERSE 8U編

CONTENTS

第一話　恐怖のルート89 前編

ULTRAMAN SUIT ANOTHER UNIVERSE 8U編

アリゾナ州北部に伸びる国道ルート89。暗闇の中を一台の車が猛然と走り抜ける。

運転するのはモールズ・ウィルソン。彼は今とても不機嫌だった。

「くそ！　あの女！　バカにしやがって！」

何度そうして毒づいただろう。だがいくら喚き散らしても煮えくり返った腹の虫は一向に収まる気配がない。それほどまでモールズが受けた屈辱は許しがたいものだった。

今から五時間前、モールズはフェニックスにある地方裁判所にいた。妻キャサリンとの離婚を巡り一年以上争っていたのだ。その判決が今日くだされた。あろうことかモールズは裁判に負け、しかも妻と子供に対する接近禁止命令と多額の慰謝料を言い渡されたのだ。

全くありえない判決だ！　俺が罰せられるなんて絶対に間違ってる！

離婚の原因はモールズの妻と子供に対する暴力、いわゆるＤＶというやつだ。

だがモールズは自分のした行為に一片の後悔もなかった。何故なら自分は妻と子供を愛していたし、もっと理想的な家族でいるため、仕方なく暴力を振るったのだ。

モールズはグランドキャニオン国立公園近くのホテルで働いていた。だが気に食わない女上司に仕事のことをあれこれ責められ、ついカッとなり殴ってしまった。お陰で仕事を失い、暫くバー通いが続き、新しい仕事も決まらなかった。そのことをキャサリンは責めたのだ。あのいけすかない女上司と同じように。気が付いた時はキャサリンを殴っていた。それを止める子供も殴った。当然のことだ。父親は家の中で一番偉く尊敬されるべきなのだから。そのルールを破ったのは妻と子供だ。俺が責められるのはお門違いだ。なのに法律事務所のいつもニヤニヤ笑う弁護士も、裁判所の連中も、みんな俺に非があると決めつけやがった。

「くそくそくそくそ！　ふざけるなっ！」

怒りのあまりモールズは怒鳴り散らし更にアクセルを踏み込む。

「お前らの思い通りにはさせはしない」

キャサリンは今、ユタ州デービスにある実家に子供達といる筈だ。車の時計を見るともうじき深夜二時。恐らくとっくに眠っているだろう。俺と別れられると思い込み、安らかに寝息を立てているに違いない。だがそれも今夜が最後だ。二度と目覚めることはないのだから。

モールズの車のトランクにはポリタンク一杯のガソリンが積まれていた。以前働いていたホテル近くのガソリンスタンドで購入したのだ。その時、ホテルにも火をつけてやりたい衝動を何とか抑え込んだ。もしここで捕まってしまったら元も子もない。

まず最初に火をつけて焼き殺すべきは妻と子供たちだ。俺をバカにしたあのクソ女とクソガキどもだ。俺を一緒になって責め立てた妻の両親もついでに焼け死ぬだろう。いい気味だ！

妻と子供が恐怖に泣き叫び死んでいく様を想像すると、不思議とさっきまでの怒りが収まってきた。それどころか何ともいえぬ愉悦と快感につい頬がにやけてしまう。

炎に焼かれるってのは一体どんな気分だろう？　どれほど苦しむんだろうな？　真っ赤な炎の中でもがき苦しむ妻と子供達の姿を想像し、知らずアクセルを踏む足も緩み、車のスピードが落ちた、その時だった。

ヘッドライトの光の中に白い影が浮かんだ。

最初は鹿か何かの野生動物だと思ったが、近づくと、それが白い服を着た若い女だと分かった。モールズは更に車のスピードを落とし考える。

こんな場所に、こんな時間に、何で……女が……？

女は暗闇の中にじっと佇み、モールズの車に向けてすっと片腕を上げる。

ヒッチハイクか？　それにしても、何でこんな場所で？

さっきと同じ疑問を抱きつつ、モールズは女の傍らで車を停めた。

月明りに浮かぶ女の顔は白く美しかった。

「どうかしたの？」

窓をあけモールズがとびきりの笑顔で女に声を掛ける。すると、

「家まで送って」

そう女は言うと、ドアをあけるようモールズに憂いげな目で訴える。

「……いいよ」

モールズがドアを開けると、女は迷うことなく助手席へと体を滑り込ませ座る。

馴れている身のこなしだとモールズは思った。何度もこうしてヒッチハイクをしているに違いない。いや、もしかしたらこの女、そっちの商売をしてるのか？

そうに違いない。

「じゃあ、行くよ」

　モールズは静かに車を発進させると、真横に座る女を改めて見つめる。髪はブロンド、切れ長の瞳と、白い肌に赤い唇が妙に艶めかしい。ぞっとするくらい妖艶な色香が漂っている。この美貌で今までどれほど多くの男をたぶらかし金を稼いで来たのか。再び胸に怒りが湧き上がるのを感じながらモールズが聞く。

「家はどこ？　この方向でいいのかな？」

　だが女は答えず、ただ赤い唇に微かな笑みを浮かべる。バカにした態度だ。

「どこに送ればいい？　行き先を教えてくれないか？」

　苛立ちを押さえもう一度訪ねたが、やはり女は無言で微笑みだけを浮かべている。

　無視か。なるほど、やっぱりそういうことか。この女、自分の美しさを鼻にかけて心の底では俺を見下しているんだ。俺を鼻先に餌をぶら下げれば喜んで尻尾を振る飢えた犬ころとでも思っているんだろう。間違いない。こいつも一緒だ。こっちが甘い顔をすればつけ上がる、あの女上司やキャサリンと同じ種類のくそ生意気で鼻もちならない女だ。その美しい顔で女王様みたいに微笑めば男はみんなやにさがると思ってるんだろうが残念ながら俺はそうじゃない。乗る車を間違えたことを今からたっぷり教えてやろう。いくら謝ろうが泣き叫ぼうがもう手遅れだ。

周囲はどこまでも暗闇に包まれ、対向車がくる様子もない。どこかで車を停め、俺をバカにした報いと罰を十分与えてから、生きたままガソリンをかけて……

「ふふっ」

モールズが残虐な妄想をした時、不意に女が笑った。

「……なんだ？　何がおかしい？」

だがやはり女は質問に答えることなく、更に愉快そうに笑う。

「笑うな。笑うなと言ってるだろ！」

またもモールズの頭に血が上り、強烈な殺意が湧き上がる。

「黙らせてやる！」

ブレーキを踏み、車を停めると真横にいる女の首を両手で掴み、渾身の力で締め上げる。

「どうだ、これでもう笑えないだろう」

だが首を絞められても女は微笑みを浮かべ、モールズを見つめると、言った。

「行き先を教えてあげるわ。お前がこれから行くのは……地獄だ。はは、あははははは！」

狂ったように笑う女。刹那、モールズを眩い光が照らす。

「……何だ……これは⁉」

愕然とするモールズ。車の真正面の闇、巨大な青白い炎が揺らめいていた。

そして視線を戻すと助手席から白い服の女が消えていた。

どういうことだ？　何がどうなってる？　俺は夢を見ているのか？

混乱するモールズを飲み込もうとするかのように青白い炎がどんどん近づいてくる。

「く、来るな……来るなっ！」

モールズは車体を急回転させ、青白い炎から猛スピードで逃げ出した。だがどれだけ速度を上げようと青白い炎はどこまでも追いかけてくる。あの炎に飲まれたらどうなってしまうのか？　俺は車ごと焼き尽くされてしまうのか？　ついさっきまで妻と子供を、そしてヒッチハイクの女を焼き殺そうとしていたモールズが今は逆の立場となり、追いつめられていた。

「や、やめてくれ！　悪かった、俺が悪かった！　二度と妻や子供には近づかない！　だから！　だから――」

完全にパニック状態のモールズ。その前方に青白い炎が浮かんだ。

「うわあああああああああああ！」

思わずハンドルを切ったモールズの車が道路から外れ岩だらけの荒れ地へと突っ込み、横転した。その数秒後、大爆音をあげ車が紅蓮の炎に包まれた。

その様子を白い服の女が見つめていて――。


「どこだよ……ここ?」

デイパック一つの軽装で成田発のアメリカン航空エアバスA321に放り込まれた薩摩次郎は、乗り継ぎに次ぐ乗り継ぎ、総計二十時間以上に及ぶフライトの末、北米メリーランド州キャンプスプリングスにあるアンドルーズ空軍基地の一角に置き去られた。疲労と時差で朦朧とする頭を振り、なぜこうなったのかを思い出す。

二日前、上海のダイブハンガー建設現場で作業中だった彼は、井手の呼び出しを受けてTPC機に乗り単身日本に帰国した。

さる筋からの特命で、次郎は海外に派遣されるという。先方には上海の事件の報道管制を筆頭にいくつも借りがあり、断るわけにはいかない事情があるらしい。次郎が国際免許を持っていることも理由のひとつだそうだが、どこへ行って何をすればいいのかさえ「行けばわかる」の一点張りで、最低限の着替えと航空券だけを持たされ強引に送り出されてしまった。別れ際の井手の言葉はこうだ。

「現地に案内人が待っている。一目でわかるよ。ものすごく怪しいから」

「ものすごく怪しい案内人……うわ」

次郎が見回すと、プロレスラーのような筋肉を黒スーツに包んだ金髪グラサンの大男が近寄ってきた。左手首には金属製のブレスレット。……絶対あれだ。

「ミスタ・サツマ!? コールミー・ジャック!」

「ナ、ナイストゥミーチュ、ミスタ・ジャック。アイム・ジロー・サツマ……」

「ジャックでいいよ。ジローか、ジロー君と呼んでも?」

日本語できるんじゃないか、とむくれる次郎に、ジャックは馴れ馴れしく肩を組んでくる。サングラスを取り、耳元で囁いた。

「大きな声じゃ言えないが、NSA——国家安全保障局の秘密機関・MATの一員さ」

鋭い眼光が放つプロフェッショナルの怜悧さに、次郎も思わず息を飲む。

「マッチョ……」

「マットだ。Mechanized Armoursuit Team」

ジャックがすかさず訂正した。

次郎は別の格納庫に案内された。機体左右に大型ダクテッドファンを持つ見たこともないティルトローター機が発進準備を進めている。まだ移動するのか……。

「グランドキャニオンまで、ほぼ大陸を横断することになる。中で話そう」

ジャックに促され、次郎もキャビンに乗り込んだ。

ローター音が高まり、Gの変動を感じる。離陸したようだ。


「ジローー君。あんたにはある事件の真相を究明してもらいたい」

「ある事件……」

「今から三日前、アリゾナ州からカナダまで北に伸びる国道89号線で車の横転事故が起きた」

そう言うとジャックは事故現場の画像をモニターに映す。

「大量のガソリンを積んでいたようで車体はご覧の通り丸焦げだ。当然、運転手も鉄の棺の中で綺麗に火葬された」

画像が切り替わり、車内に残された白骨死体が映る。

「うっ！」と思わず口を押える次郎を呆れたようにジャックが見つめ、

「え？　こういうの苦手か？」

「す、すいません。突然だったもんで……もう、大丈夫です」

「そうか、よかった。なら他の白骨死体も見て貰おうか」

「他の……？」

「この国道では、ここ一カ月の間に類似の自動車事故が四件起きている。いずれの場合も運転手は白骨状態となって死亡した」

「四件全て、車が炎上したんですか？」

「いや。車が燃えたのは三日前の一件だけだ」

「……」

「どうした？」

「いえ。よく意味が解らなくて」

「そうか。だったら、これを見れば解るはずだ」

モニターに動画が再生される。

病院だろうか。一人の男がベッドに横たわっている。全身に包帯が巻かれ数本のチューブが医療機器から延び、男に繋がれている。自動車事故の運転手に違いない。

男が何かを呟いている。包帯で半分しか見えないが、その顔は明らかに怯えていた。

「何か言ってますね」

次郎がそう言うとジャックがボリュームを上げ、男の声が聞こえるようになった。

「……女が……白い服の女……青い火の玉だ……青い火の玉が追いかけてくる！」

突如、男が大声で叫び、激しく体を痙攣させる。医療機器の非常ブザーが鳴り響く中、男は絶叫すると、その体が青白い炎に包まれた。

「！」モニターを見つめ、愕然の次郎。どれくらいの時間か、恐らく三〇秒ほどで青白い炎は消え去り、そこには完全に白骨化した男の死体が横たわっていた。

「ううう っ！」

またも次郎が口を押え、体を前に折り曲げる。

「何だ。大丈夫だって言っただろ」

「……す……すいません……」

何とか吐き気をこらえた次郎を見つめ、ジャックが淡々と語り出す。

「今回の不可解な自動車事故の被害者は全員が同じ証言をしている。深夜二時、白い服の女を車に乗せ、青白い火の玉に襲われたと。そして事故を起こした数時間後、白骨化して死亡した」

「あの……俺の勝手な印象かもしれませんけど……」

「何だ？　言ってみろ」

「これって、もしかして……幽霊が人を殺したってことですか？」

「かもしれないな。昔からこの国道ルート89にはそんな噂話があったようだ」

大真面目な顔でジャックが次郎を見つめ、語り出す。

「真夜中にヒッチハイカーの女を乗せた男は行方不明になり、数日後に白骨死体で見つかる。その女はかつてこの国道で轢き殺された女の幽霊で、自分が死んだ時間、深夜二時にその場所を走る車の運転手を呪い殺すそうだ」

あまりに迫力満点のジャックの話に次郎はまたも強烈な吐き気と眩暈に襲われた。

昔から怪談話は苦手だった。幼なじみのアンナはそれを喜び、わざと幽霊やら呪いやらの話をしては次郎を大いにビビらせた。

何でよりによって、こんな事件を俺が……。

ぶつぶつ泣き言を言いながら次郎は今、事件のあったアリゾナ州フラッグスタッフに向かい車を走らせていた。64年型のシボレー・コルヴェア。ジャイロが着陸したグランドキャニオンの地下拠点で、次郎に与えられた特装車だ。

さんざん次郎を脅したあと、ジャックは白骨化の原因は呪いなどではなく、被害者たちの体内で検出された未知のバクテリアだと説明した。そのバクテリアは宇宙から来た可能性が高い。

しかも事故車両のドライブレコーダーには、青い火の玉や若い女の姿も記録されていた。幽霊がカメラに映った可能性は捨てきれないが、ジャックは女も青い火の玉も実体があると考えていた。つまりこの事件の裏には異星人がいるということだ。

「そうじゃなきゃ科特隊に調査依頼なんてしやしない。霊媒師を呼んでいる」

次郎の脳裏にジャックの笑顔が浮かぶ。どこまでがジョークでどこまでが本気か分かりづらいが、次郎はジャックに、全く雰囲気は正反対だけど、どこか諸星と似たものを感じていた。

「どうだ?」

雑多な部品や工作機械に埋もれるように作業していた男が、油の染み付いたワークエプロンの背中を向けたまま、入ってきたジャックに聞いた。

「どうだろうね」

ジャックは片隅の冷蔵庫に直行し、六缶パックのハイネケンを取り出して早速プルタブを起こす。

ワークエプロンの男も作業の手を止めて顔を上げた。赤い甲殻に覆われている。地球人ではない。ヤプール。この世界では名の知れた異星人技術者だ。

「どうだろうね、じゃ解らねえ、何かカンかあったろう？」

取り出した煙管の火皿をバーナーで炙ると、旨そうに吸い付けた。

「普通だったな。別の意思の存在は感じなかった。何かあるとしたら、やっぱりスーツの方なんじゃない？」

ジャックはもう三缶目を開けている。

「異界の戦士の意思が宿る唯一無二のスーツ……何としても見てえもんだ」

「見られるさ。ヤツに出くわせば、嫌でもね」

次郎のコルヴェアは事件が多発するルート89を走る。時刻はもうじき深夜二時だ。

事故の多発現場まであと数キロ。次第に次郎は緊張し、心臓の鼓動が早くなるのが解る。額や手に冷や汗もにじんでいる。

落ち着け。相手は幽霊なんかじゃない。幽霊なんかじゃ――

すると前方に佇む女が。

「で、出た！」

事故現場はまだ先のはずだ。だが間違いなくヘッドライトに浮かぶのは白い服を着た若い女だ。次郎はスピードを落とし、女のすぐ脇にコルヴェアを停めた。

この女を車に乗せれば、次に青白い巨大な火の玉が現れるはずだ。

「あの……」次郎は乱れる呼吸を必死に落ち着かせ、女に話し掛ける。インカムに備わる自動翻訳機能により、英語での会話も問題はないはずだ。

「こんな時間に、こんな場所で、どうしたんです？」

「戻れ」

「……は？」

「この先には行くな。Uターンして早く戻れ」

「乗らないんですか？」

「乗るわけないだろ。変態か、お前」

女は次郎を鋭く睨み、きっぱり言い放った。

一体どういうことだ？　ジャックから聞いた話と違うんですけど。てゅーか何でいきなり変態呼ばわりされなきゃならないのか。

すっかり困惑する次郎に、白い服の女はしびれを切らしたように助手席のドアを開け、

「お前、私の警告を無視すると、死ぬぞ」

今にも殴りかかりそうな勢いで女が次郎に顔を近づけた時、背後から別の赤い車が猛スピードで走って来た。それに気づいた女が再び車の外に出るが、既に赤い車は次郎たちの横を通過し、走り去る。

「サノバビッチー」

女は口汚く叫ぶと今度は完全に助手席に乗り込むと、「あの車を追え！」と次郎に命令した。

「追えって……どうして……」

「今の車にあの女が乗っていたからだ！」

「あの女……？」

「決まってるだろ！　青い炎を呼ぶ女だ！」

青い炎を呼ぶ女？　それって目の前にいるこの白い服の女のことじゃないのか？　いや、そもそも次郎も動体視力には自信があるが、周囲は暗く、しかも一瞬で通過した車の中に乗っていた人間などまるで認識できなかった。なのに――

「何してる！　早く追え！」

「は、はい！」

女に言われるがまま次郎は車をスタートさせ、さっき走り去った赤い車を追跡した。

「急げ！　もっと速く！　間に合わないぞ！」

次郎の真横で女が苛立ち、叫ぶ。本当に殺されるかもしれない迫力に次郎がアクセルを強く踏むと、やがて前方を走る赤い車が見えた。

「よし、間に合った。あの車を追い越して停めろ！　早くしろ変態！」

「はいっ！」

俺は変態じゃないと心の中で愚痴りながら更に次郎がスピードをあげ、赤い車まで数メートルに迫った時だった。

「あ。あれは……！」

前方の闇に突如、赤い火の玉が出現し、赤い車へと迫った。

「まずい！」

瞬時に危機だと判断した次郎は急ブレーキを掛けると路肩にコルヴェアを停め、ＺＥＲＯ ＳＵＩＴを装着。女を車に残し、赤い火の玉へと向かった。

接近すると炎の中にはっきりと人の形が見えた。人間が全身に炎をまとっているのだ。

――異星人か。

ＺＥＲＯは赤い炎人間と、今も猛スピードで走り去る赤い車の間に立ちはだかった。

「どけ！　邪魔をするな！」

炎人間はＺＥＲＯを弾き飛ばし赤い車を追おうとする。

「熱っつ！　てゆーか日本語？」

相手は少なくとも実体がある。幽霊じゃない。

ＺＥＲＯは燃える炎人間の後ろ手を取り、引き倒す。

と同時に、前方からクラッシュ音が響いた。そして複数の悲鳴も。

「しまった！」
ZEROを振りほどき、炎人間が音の方へ駆け去った。
ZEROも後を追う。
無残に横転した赤い車から、三人の若い男女が這い出そうとしていた。
一人の男の手にはスマホが握られているのが見える。
救急車を呼ぼうとしていたのだろうか。
コルヴェアの女に呼ばせようと振り返った刹那、
「⁉」
そこへ今度は青白い巨大な火の玉が出現、若者たちへと迫る。
――赤と青の火の玉が二つ⁉
思わず唖然となるZEROの眼前、青い火の玉に赤い炎人間が躍りかかった。
怯んだかに見えた青い火の玉は、逆に炎人間を包み込み、締め上げる。
『ぼんやりするな次郎！　俺たちもやるぞ！』
ZEROの声で、次郎は我に返った。
「どっちを？」
『青だ！』

言うが早いか、青い火の玉にゼロスラッガーを叩き込む。

手ごたえあり。青い火の玉は苦悶の咆哮を上げると、その場から飛び去った。

「待て！　……くそ！」

青い火の玉が消えた虚空を見上げ、炎人間が悪態をつく。

と、全身の赤い炎が収まり、一人の青年が姿を現した。

驚く次郎もSUITを解除。すると青年が次郎の胸倉を掴み、睨んだ。

「お前は誰だ⁉」

「いや。あんたこそ、誰だよ⁉」

睨み合う次郎と青年。不意に青年の手が緩む。

青年は次郎の背後を見つめていた。

「どうやら……お互い早とちりをしたようだな」

「……え？」

何だよ、今にも殴りかかりそうな勢いだったくせに急に物分かりのいい事言って、と次郎が思った時、

「俺は東光太郎だ」

それだけ言うと、青年は次郎の前を立ち去る。

「……訳が分からない……」

茫然と呟く次郎。その背後から、

「あなた、ひょっとして日本の科特隊の人？」

振り向くと、あのおっかない白い服の女が立っていた。

「私はレネ・アンダーソン」

「レネ……さん」

「私には普通の人には見えないものが見える。私に協力して」

「……はい？」

今なんて言った？　何が見えるって？　てかこれ、一体何なんだ？　次から次へと何が何だか……。

次郎には今起きていることも自分が置かれた状況も、さっぱり訳が分からなかった。

第二話　恐怖のルート89 後編

アリゾナ州ルート89沿いのカフェ。

まだ夜が明けきらない店内、窓際の席で、薩摩次郎はアメリカンでもないのにやけに薄いブレンドコーヒーを飲みながら、つい数時間前に起きたことを思い返す。

国家安全保障局のジャックという超マッチョなエージェントに命じられたのは、事故を起こした車のドライバーが白骨化するという怪事件。犯人は白い服を着た女と謎の青い火の玉。その正体を探るべく過去に事故が起きた場所、起きた時刻——深夜二時に次郎が車を走らせていると……出た！　噂通り道路沿いの闇に白い服の女が立っていたのだ。

子供の頃からお化けが苦手な次郎は心臓が止まるほど驚いたが、何とか冷静さを保ち、車を女の脇へと止めた。だが本当に驚いたのはそのあとだった。幽霊かと思った女はいきなり次郎に「すぐに戻れ！」と怒鳴りつけ、呆気にとられる次郎の脇を猛スピードで車が走り抜けると勝手に車に乗り込み「すぐに追え！」と命令した。

　言われるがままに先行した車を追跡すると青い火の玉、ではなく何故か赤い火の玉が現れ、次郎はＺＥＲＯ ＳＵＩＴを装着してその赤い火の玉の正体を確かめようとすると、今度は青い火の玉が現れ、それからなんやかんやあったのだが、とにかく何が何だかさっぱり状況がわからないまま、こうして今は国道沿いのカフェにいる。

「目玉焼き、オーバーイージーって言ったのに固く焼きすぎ。ベーコンも焦げてるし」

　目の前でぶつぶつ言いながらも既に三人前の朝食を平らげたのは、次郎が深夜二時に出会った白い服の女――レネ・アンダーソンだ。

「食べないの?」

　じっと見つめる次郎を見つめ返し、レネが言う。

「何か見てるだけで、おなか一杯で」

「あ、そ。よく食べる女だなって言いたいわけだ」

「いや、別にそんな――」

「言っとくけど、前はこんなに食べなかった。わりとすぐ太る体質だったし。でもあの事件があってから、私は変わったんだ、色々とね。おなかがすくのはきっと力を使うせいだと思う。消費した分、補わなきゃいけない的な。だからいくら食べても太らないし」

「え……ちょっと待って、情報が多すぎる。あの事件って……」

「上海に黒いピラミッドや怪物が現れて、街のほとんどが消し飛んじゃった、あの事件だよ。科特隊なんだから知ってるでしょ」

「……ああ」

もちろん知っている。次郎はグランドゼロとなった上海の跡地に建造されていたダイブハンガーと呼ばれる巨大建造物の工事作業員として働き、それがきっかけでZEROと出会い、こうして今は科特隊の一員として、ULTRAMANの一人として地球の平和を守るために戦っているのだ。

「あの日、誰かの声がして目が覚めた」

静かにレネが語り出す。

「小さな女の子だったと思う。そしたら急に見えたんだ、上海の光景が。山よりも大きな怪物と何人ものウルトラマンが戦ってた。そしたら黒いピラミッドから光の柱が空に伸びて、物凄い音と物凄い光が私を包んで……意識が飛んだ」

「……それから？」

ふと黙り込むレネを次郎が促すと、

「また目が覚めたら、朝だった。さっき見たのは夢なんだ、すごくリアルな夢、そう思った。けど……また見えたんだ。今度は昼間、大学のキャンパスで友達と卒業旅行のこととか話してた時、突然どこかの工事現場の光景が目の前に広がって、大きなクレーンが何本もあって、暗い穴の中から物凄い数のロボットみたいなのが飛び出してきて、こっちにクレーンが倒れてきて……そこでまた意識が飛んじゃって、気が付いたら病院のベッドだった」

「……」

「医者は私が見たのは幻覚だって言った。何か色々と検査されて大学に戻ったら、私が薬をやってるんじゃないかって噂が広がってた。笑えるでしょ」

「……いや。君が見たのは幻覚なんかじゃない」

「どうしてそう言い切れるの？」

「君が見た、倒れたクレーンには俺が乗ってたから」

「……へえ、そうなんだ」

次郎が知る限り、初めてダイブハンガーがレギオノイド群の襲撃を受けた時の映像は一切、一般には公開されてはいない。どういう現象かはわからないが、レネは現実にあの日の光景を遠く離れたアメリカから見たに違いない。

「それから時々、同じような光景を見るようになった。最初の内は異星人が怖くてパニックを起こしたけど、次第にそれにも慣れてきて、あー、きっと私には人には見えないものが見える力が授けられたんだって思うようになった。それで色々ネットとか調べたら、私だけじゃなくて世界中に同じような人がいることが分かった」

「……デュナミスト」

「そう、それ」

以前、次郎も井手から聞いたことがあった。上海消滅の直後、世界各地で並行世界にいる自分のビジョンを見る人間たちが多数報告され、適能者、デュナミストと呼称されたことを。

「でも私の場合、少し違ってて、見えるのは異星人ばかりだし、それに……」

「それに？」

「私に見えるのは並行世界じゃなくて、少し先の未来だってわかった」

「未来……」

「ネットに投稿された異星人とウルトラマンが戦う映像が、私が一週間前に見たビジョンと全く同じだったんだ」

「……」

「そんなことが何度も重なって、確かめてみようと思った。次にビジョンが見えたら、その場所に行こうって」

「……」

「私、絵が得意だからさ、ビジョンを見たあと、その光景を描き留めたんだ」

そう言うとレネはスマホの画面を次郎に見せた。そこにはレネが描いた絵が何枚も保存されていた。確かに上手い。細部まで描き込まれていて、これなら場所の特定も可能だと思えた。

「大概ビジョンは一週間くらい先の未来だから、この場所に行ってみた」

スマホ画面にはどこかの裏路地が描かれていた。壁一面に極彩色のアートとも落書きともつかぬスプレー画が描きなぐられ、背後には何本か高層ビルも見える。

「サンフランシスコ、サウスビーチ。そこで一週間前に見たのと全く同じビジョンを見た」

「君の未来予知能力が証明されたってわけだ」

「そう。でもね……」

レネの表情が微かに曇り、また黙り込む。何か嫌なものを見たのだろうか？

それを確かめようとした時、次郎のスマホに着信。ジャックからだった。

「ちょっと、ごめん」

レネを残し、次郎は店の外へ出ると通話ボタンをタップする。

「グッドモーニング、ミスター・ジロー君」

通話口から早朝のおはようコールのように底抜けに明るいジャックの声が聞こえる。

「よかった。また声が聞けて嬉しいよ」

あのマッチョマンめ。金髪サングラスめ。初めてアンドルーズ空軍基地で会った時と同じだ。どこか挑発的というか次郎のリアクションを楽しんでる感じがしてムッとなる。

「おかげさまで白骨にはなってません。白い服の女と青い火の玉には出会いましたけど」

「エクセレント！　出来るだけ早くこっちに戻ってくれ。今すぐ詳しい報告が聞きたい」

「わかりました。なるべく早……え？」

次郎の返答が終わる前に通話が切られていた。

「何なんだ、あの人は。本当に俺が骸骨になったら化けて出てやる」

寝不足と空腹が重なり最高潮に気分の悪くなった次郎が元いた席に戻ると、

「……あれ？」

既にそこにレネの姿はなかった。

「マジか……。普通この流れなら、ひと言何か言ってから帰るだろ」

ジャックへの不満から思わず声に出して次郎が愚痴った時、

〈ごめん〉

レネの声が聞こえ、次郎は店内を見回すが、やはりどこにもその姿はない。

〈私、何でこんな力が授けられたかわかんないけど、私に出来ることがあるなら、誰かの命を救えるならって、そう思ってるんだ。だから今度も……救いたい〉

声は次郎の頭の中に直接語り掛けていた。

「レネ」

次郎は思わず彼女の名を呼ぶ。だが、もうレネの声は聞こえなかった。

地下拠点に戻る次郎。昨夜の事件のことをジャックに報告した。まずはレネという不思議な女性と出会ったことについて。更には赤い炎を全身にまとった人間と遭遇し、共に青い火の玉を撃退したこと。

ジャックは次郎の報告を終始無言で聞いていたが、時々なぜか口元に何とも言えぬ笑みを浮かべた。

「レネ・アンダーソンに、東光太郎か」

全ての報告を追えるとジャックが呟く。

「やはり予想通り現れたか」

「予想通りって、二人を知ってるんですか？」

「それより見せたいものがある」

次郎の質問には答えず、ジャックはおもむろにＰＣを操作し、大型スクリーンに画像を映し出す。

「これは……！」

「今朝早くＹｏｕＴｕｂｅにアップされた」

そこには走行する車の中で若者数人がスマホで撮影したとおぼしき映像が流れている。

「やあ、みんな見てるか？　スプーキーチャンネルの時間だ。今俺たちが車を走らせてるのは最高にクールな場所。そう、恐怖のルート89。知ってるだろ、この国道には白い服を着た女のゴーストが現れる」

軽薄な笑顔を浮かべカメラに向かって話すスキンヘッドの若者に次郎は見覚えがあった。昨夜、青い火の玉に襲われた車から這い出した若者の中の一人だ。

「そろそろ深夜二時だ。噂ではこの先の……わお！　マジか！」

不意に若者が叫び一方を指さす。カメラがその方向へパンするとヘッドライトに浮かぶ白い服の女が映し出され、車内には若者たちの興奮した声が溢れる。

「見ろよ！　噂は本当だったんだ！　白い服の女だ！」

佇む女の真横に車を停車させると若者たちのテンションは更にあがる。無理もない。彼らも実際に白い服の女が現れるとは思っていなかったのだろう。

「家まで送って」カメラに映された美しい女が言うと、「おい、どうする？」「やべーんじゃないか？」さすがに怯えて躊躇う声がフレーム外に聞こえるが、「おいおい、ビビッてどうする？　俺は怖くなんてないぜ」結局スキンヘッドの若者は女を車に乗せる。まさかこれから本当に恐ろしいことが待ち受けているとは知らずに。

数分後、車内は恐怖の絶叫に満たされる。突如、襲い来る青い火の玉。狂ったように笑う白い服の女。カメラはぶれまくり阿鼻叫喚だ。

「この映像が全世界に拡散され既に再生回数は一億に迫る勢いだ」

「そんなに……！」

激しい衝撃音と共に車が横転し、そこで映像は途切れた。

「しかもジロー君にも見て貰った、例の事故を起こしたドライバーが白骨化する映像も同時にアップされた。こちらも大変な反響だ」

「誰が、どうやってそんなことを……」

「現在調査中だ。ただ俺が推測するに今回の一連の事件はこれが目的だったのかもしれない」

「目的？　どういうことですか？」

その言葉の意味がまるで理解できず聞き返すと、ジャックが含んだような笑みを浮かべ、

「多分、その答は今夜わかるさ」

深夜のルート89。次郎は一人、事故多発現場にいた。

問題の時刻、深夜二時が近づくと一台の車が接近してくる。

「やっぱり来たか」

次郎もあの動画が公開されたことで怖いもの見たさの野次馬が現れると予想していた。しかも視聴した人間のほとんどが動画はフェイクだと思っているに違いない。どんな無茶な行動をするか分からない。あまりにも危険だ。

次郎は科特隊の身分証を手に近づく車を停めようとして唖然となる。現れた車は一台ではなかった。五台、十台と、深夜二時が近づくにつれ車の数は増え続け、あっという間に数十台の車が次郎の目の前に集まった。彼らは全て面白半分にここへ来た野次馬だ。車を停めて周囲を撮影したり、音楽を大音量で響かせバカ騒ぎを始める者もいる。

「ここは危険だ！　みんな早く戻るんだ！」

彼らを制止する次郎だが、もはやまるで収拾が付かない。その時だった。不意に若者たちから歓声があがる。闇の中に白い服の女が現れたのだ。

「本当に出たぞ！」「どうせ仕込みだろ！」「へイ彼女、一緒に踊ろうぜ！」

女に殺到し、手を、ボトルを、スマホを差し伸べる野次馬たち。だが女が微笑んだ次の瞬間、周囲に無数の青白い火の玉が出現し、彼らに襲い掛かった。数人の若者が火の玉に飲まれ一瞬で白骨化する。さっきまでの笑い声は一転、恐怖の悲鳴へと変わった。

「まずい！」

次郎は乗ってきたコルヴェアの陰でZERO SUITを装着、ジャンプ一番ゼロスラッガーを放って火の玉のいくつかを吹き散らせる。だが焼け石に水だ。

「数が多すぎる……っ！」

『来たぞ、ヤツだ』

ZEROの声に一方を振り向くと、逃げ惑う野次馬の海が左右に割れ、あの炎人間がモーゼのごとく歩み出た。東光太郎だ。こうなることを予想して紛れ込んでいたのか。

「もたもたするな。犠牲者が増える」

光太郎が言う。後から来て偉そうに――喉まで出かかった言葉を飲み込み、次郎も構え直す。彼が何者であれ、今は敵対している時ではない。積極的に連携を取って青い火の玉を撃ち落とし、パニック状態の野次馬たちから遠ざけてゆく。

『感じる』

不意にZEROが呟いた。

『激しい怒りと憎しみ。自分の所為で仲間を失った深い後悔……その激情が、あ

の人間を突き動かしている』

「どこかの誰かさんそっくりだな」

『誰だ？』

「自覚なしかよ！」

もちろんＺＥＲＯのことだ。敬愛する師匠を殺され、故郷を滅ぼされ、その元凶を強く憎悪する異界の戦士の魂。はじめは取り付く島もなかった。だが今はこうしてうまくやっていけている。だったら、光太郎とも友達になれるかもしれない。ろくに言葉も交わさぬまま背中を預け合っている炎の超人に対し、次郎はそう思った。

ようやく火の玉の半数を蹴散らしたかに見えた時、業を煮やしたように女が唸った。周囲の地面を炎が走り、異様な紋様が描かれてゆく。異界獣召喚の儀式だ。白骨化した犠牲者は、その生贄だったに違いない。今や人間の皮をかなぐり捨て異様な正体を現した女に青い火の玉が集まり、禍々しい四本の腕と二本の脚、青白く発光する野太い尻尾を持つ超異界獣ホタルンガの姿となった！

ホタルンガがその昆虫を思わせる口元から火球を連射する。不幸にも逃げ遅れた野次馬の幾人かが瞬時に白骨化し、その残滓のように立ち上る蒼炎がホタルンガに吸い込まれる。尻尾の発光が増した。人肉を炎に変えて捕食しているのだ。野次馬の群れにひときわ高い悲鳴の輪が広がり、パニックに拍車をかける。

ホタルンガの火球は無論ZEROと炎の超人にも向けられた。避ければ流れ弾が群衆を白骨化させる。全弾撃墜するしかない。それだけでも手一杯というのに、先端にハサミを備えた尻尾が思わぬ方向から野槌のごとく襲いくる。今まさにハサミが光太郎の喉を掴んだ。高熱をものともせず、ギリギリと締め上げる。その間にも火球攻撃は続き、次郎は救援に入ることができない。と、その時——。

ブシュウウウウ!

突如、間抜けな音と共に褐色の噴流がホタルンガの尻尾にふき掛けられた。悲鳴を上げて光太郎を放り出すホタルンガの表面が、泡を吹いてただれてゆく。なおも続く褐色の噴流の出所をたどって視線を巡らせた次郎は思わず叫んだ。

「ジャックさん⁉」

正にジャックだった。TシャツにGパンというラフないでたちで、手にした特大ペットボトルの口をこちらに向けている。褐色の噴流はそこから発射されていた。

「Ｈｏｏ！　思ったより効いたね。試してみるもんだ」

「何やってんスかー」

「なぜあんたがここにいる⁉」

次郎と光太郎の言葉が重なる。

ジャックもまた、最初から野次馬の群れに紛れ込んでいたのだ。そして犠牲者の遺骨を調べ、強いアルカリによって肉が溶かされていることに気付いた。アルカリには酸だ。ジャックは野次馬たちが残していった荷物の中から世界一ポピュラーな清涼飲料のボトルとチューイングキャンディを見つけ出し、この奇策を思いついたのだった。

「そらもう一本、メントスガイザー‼」

新たなボトルにキャンディをぶち込むと、急激に発泡・膨張した内容物がとんでもない勢いで噴出した。含まれる酸がホタルンガの皮膚を侵し、アルカリを中和してゆく。

しかしそれは皮膚を灼くだけにとどまり、致命傷には至らない。怒り狂ったホタルンガがジャックに襲い掛かる。

「おっと、ソフトドリンクじゃ物足りないって？　そいつは悪かった」

ジャックが左腕のブレスレットを掲げるや、夜空に眩い光の柱が屹立する。それが晴れると、いかつく重厚な、見たこともないULTRAMANが立っていた。

次郎は思わず息を飲む。

「……マッチョ」

「マットだ。Mechanized Armoursuit Team」

ジャックがすかさず訂正した。

ULTRAMAN SUITを装着したジャック――JACKは、繰り出されたホタルンガの攻撃をダッキングで躱し、地に手を突いて倒立ジャンプ。両脚でホタルンガの首を挟み、くるりと背中に回ったかと思うと、両手でホタルンガの口を大きくこじ開けた。

「ジロー君！　俺のクルマの荷物を！　白のマツダだ！」

乱雑に停められた車群に後期型のコスモスポーツがあった。座席にコールマンのクーラーボックスが積まれている。開けてみると、冷えたバドワイザーでぎっちりだった。

うわぁ、と思いながらもその意図を察し、次郎はクーラーボックスごとJACKに投げる。そう、ビールもまた酸性だ。

「まあ一杯やれよ」

ＪＡＣＫは片腕に抱えたクーラーボックスを圧し潰し、溢れ出る黄金色の液体を残らずホタルンガの口中に流し込んだ。腹の中に酸を注がれては堪らない。さしものホタルンガも泡を吹いてのたうち回った。

〈ジロー〉

次郎の頭に、レネの声が響いた。見回すと、逃げ惑う野次馬の流れに逆らうように、レネが決然と立ち尽くしている。

〈尻尾の付け根よ。そこにその化物の核がある〉

「ありがとうレネさん！　本部！」

次郎は本部に連絡してＥＸライフルを転送、ホタルンガの尾の付け根の神経節に狙いを定め、一点バーストで打ち抜いた。ホタルンガの動きが凍り付いたように止まる。

「消えろ！」

炎の超人が放った炎で、ホタルンガは消し炭も残さず燃え尽きた。

「コータロー君。俺たちと一緒に戦わないか？」

野次馬たちを追い返した後、バイザーを上げたジャックが光太郎に声を掛ける。

「……前にも言ったはずだ。俺はまだ、あんたらを信用したわけじゃない」

まとっていた炎を収めた光太郎は、ややあってそう返すと、地を蹴って夜空に消えた。

SUITもなしにあの跳躍力。彼はいったいどういう人間なのだろう？

次郎はZERO SUITの装着を解除する。

ジャックもTシャツ姿に戻っていた。

「ジャックさんも、ウルトラマンだったんですね」

「言っただろう？　Mechanized Armoursuit Team って」

「つうか、付いて来てたんなら教えといてくださいよ！」

次郎は当然の苦情を訴える。

「いやあ、君たち二人だけで何とかなると思ったんだけどね」

「それも！　東光太郎？　彼っていったい――」

次郎の質問は、ジャックのスマホの着信に遮られた。

「悪い、オフィスからだ。ハロー？」

ジャックはスマホ越しに何か言いあった後、ため息を一つついて電話を切った。

「スーツがビール臭いから自分で洗浄しろってさ。すぐに戻らなきゃ」


東の空が白み始めていた。

でかい身体をシートに押し込み、ジャックはコスモスポーツを発進させる。

そして思い出したように窓から顔を出し、次郎に告げた。

「そうそう、君たちが青い火の玉とじゃれ合ってた時、この辺りに妙な波動と力場の転移が観測されたってさ。それも大量に」

「え？　何なんですか、その波動とか力場って？」

「さあね。ただ、そいつを集めるのが敵の本当の狙いなのかもな。また連絡するよ。やれやれ、帰ったら一杯やって寝るつもりだったのに、洗車ガールの真似事か……」

いちばん重要なことをボヤキのついでみたいに伝え、ジャックはロータリーエンジンの音を轟かせて走り去った。

またも煙に巻かれ、その場に取り残される次郎。

結局訳が分からず、ただ利用されている気がした。

憮然と周囲を見回すと光太郎だけではなく、レネも再び姿を消していた。
だが、またあの二人とは再会するに違いないと次郎は感じていた。

第三話 ブギーマンの夜 前編

ULTRAMAN SUIT ANOTHER UNIVERSE 8U編

カリフォルニア州ロサンゼルス。午後十一時十三分。

「……怖い……怖い……怖い」

ダニエルは子供部屋のベッドの中で頭からすっぽり掛け布団をかぶり、眠れない夜を過ごしていた。いつもならママにおやすみのキスをされてから五分としないうちに深い眠りに落ちる。そして朝の光と小鳥のさえずりで目がさめる。ずっとそうだった。

なのに今夜は違った。ダニエルは一時間以上も眠れず、震えていた。

ずっと寝付けないでいるのは、明日が七歳の誕生日で欲しかったゲームをママが買ってくれるからでは無かった。理由は他にある。

ブギーマンだ。

ダニエルは今夜、この部屋にブギーマンが来て自分をさらっていくかもしれないという恐怖に怯え、眠れずにいるのだ。

お願い。ブギーマンがきませんように。

何でダニエルが今夜に限ってブギーマンをそんなに怖がるのか。昨日、学校に移動動物園が来ていて可愛いウサギを抱き上げていた時、年長のクリスが突然言ったのだ。

「ダニエル。お前、明日の夜、ブギーマンに連れていかれるかもな」

「え？　どうして!?」

そう聞き返したら、クリスはいかにも気の毒そうな顔をしてスマホの画面を見せた。

「知らないの？　子供が三人、消えたんだよ」

消えた子供達には共通点があるんだとクリスは言った。三人とも消えたのは誕生日の前日で、子供部屋のクローゼットが開いていたのだ。

「どうしてクローセットの扉は開いてたと思う？」

まるでダニエルの反応を楽しむかのようにクリスは言った。

「ブギーマンが来たからさ。消えた子供はみんなブギーマンに連れていかれたんだ」

なんて意地悪なんだ。こんな楽しい日に何でそんな怖いことを言うんだ。

でもその時は正直それほど怖くも無かった。手の中には可愛らしいウサギがいたし、次はお目当てのポニーに乗れる順番だったから。でもこうしてその夜になったら、クリスの意地悪な言葉が甦り、どうしても頭から離れない。おやすみのキスをしてくれたママに思い切ってそのことを話したけれど、

「大丈夫。そんなのは、ただの言い伝え。ママも子供の時にダニエルみたいに不安に思ったこともあったけど、ブギーマンは来なかった」

優しくママは微笑み、「おやすみなさい」とダニエルの頬に今夜は特別に二回目のキスをすると、部屋の電気を消し、ドアを閉めた。

そうだ、ママの言う通りだ。何度もダニエルは自分にそう言い聞かせた。でも……どうしても、意識はクローゼットから離れない。

ギギッ。聞こえた。

頭から布団をかぶったダニエルの耳に、確かにクローゼットが開く音が聞こえた。そして——、ズズッ、ズズッ、ズズッ……。

何か得体の知れないものが、床をゆっくり這いずり近づいてくる音が聞こえる。

……怖い怖い怖い怖い。

ダニエルは耳を塞ぎ、呪文のように繰り返す。

ブギーマンがきませんように。ブギーマンがきませんように。

だがその言葉を遮るかのように、
ズズッズズッズズッズズッズズッズズッズズッズズッ。

不気味な音はどんどん近づいてくる。

怖い、怖い怖い怖い、怖い怖い怖い怖い怖い恐い怖い怖い怖い！

もうダメだ。我慢できない！　ダニエルは頭からかぶっていた布団をはがすとベッドから飛び降り、子供部屋を飛び出そうと走りながら叫んだ。

「怖いよ、ママ！　助けて！」

だが次の瞬間、足首を冷たくて気持ちの悪い手が掴み、ダニエルの体を一気に引きずっていった。

「助けて、ママ！　ママ！　ブギーマンが――」

必死に母親を呼ぶダニエルの声は薄暗いクローゼットの中へと、消えた。


「ブギーマン？」

米国国家安全保障局の秘密機関・ＭＡＴが全米各地に置く拠点のひとつ、南カリフォルニア支部――通称〈ソーカル〉の一室で、薩摩次郎がジャックに聞き返す。

「知らないのか？　ジロー君」

「知ってます。確かホラー映画に出てくる殺人鬼ですよね。ホッケーマスク被って手には斧やチェーンソーを……」

「それは『13日の金曜日』のジェイソンだ。しかも俺が言っているのは仮面をかぶった殺人鬼のことじゃない。夜中に子供を連れ去る伝説上の怪物のことだ」

「まさか、そのブギーマンが……実際に子供をさらった、とかじゃないですよね」

強烈に嫌な予感を覚えつつ聞き返す次郎に、きっぱりジャックが答える。

「その、まさかだ」

やっぱり……。思わず次郎は天を仰ぐ。次郎は子供の頃からお化けや妖怪が出てくる怪談話が大の苦手だった。そんな次郎がアメリカに派遣されて調査を命じられたのが、真夜中の国道に現れる白い服の女と青い火の玉、そして人間が白骨化するというまさに怪談じみた事件だったのだ。ようやくそれを解決したというのに、何でまた……

「どうした？　顔色が悪いぞ、ジロー君」

「……いえ。大丈夫です」

何とか平静を保ち笑顔で答える次郎に、ジャックが事件の概要を説明する。

「失踪事件は全てカリフォルニア州ロサンゼルスの住宅街で発生。夜の九時から十二時までの間、子供部屋から悲鳴が聞こえ、親が駆けつけてみるとベッドはもぬけの空。窓は施錠されていたが、確かに閉まっていた筈のクローゼットの扉が開いていた」

「クローゼット……？」

「ブギーマンは真夜中にクローゼットから現れ、子供を連れ去ると言われているからな」

「そうなんですね……」

またも思わず声が震える次郎に、ジャックが説明を続ける。

「消えた子供は四人。全員がいなくなる数日前から、ブギーマンが来ると怯えていた」

室内の大型スクリーンに失踪した子供たちの顔写真、名前と年齢が表示され、確認するように呟く。

「最初に消えたのが、ビリー・クレイブ。五歳」

と、すかさずジャックが「六歳だ」と訂正した。

更に次郎が呟く。「次がエマ・ガールソン。九歳」「一〇歳だ」「リック・コナーズ、七歳」「八歳だ」「ダニエル・スタンリー。……六歳？」「七歳だ」「あの、ちょっと待ってください。この資料の年齢、どれも間違ってるってことですか？」

いちいち訂正するジャックに次郎が抗議すると、

「そこにあるのは失踪した夜の年齢だ。四人の子供たちは全員、翌日には家族や友人に誕生日を祝ってもらえるはずだった」

「そんな……」

思わず次郎は言葉を飲み込み、ジャックがどうして一歳多く年齢を訂正したのか、その理由に気づく。ジャックは消えた子供たちが今も生きていると信じているのだ。

「そして最後の共通点」

感傷的な表情は一切見せず、ジャックが言う。

「調査の結果、事件現場からは前回のルート89の事件と同一の波動パターンと力場の転移が観測されている」

「つまり……」

「今回の事件の背後にも異星人がいるということだ」

異界ではない。異次元でもない。まぎれもなく我々の地球と同じ座標系、同じ時間軸に沿って存在しながら、触れることも認識することもできない隣接空間——そこにダークゴーネはいた。彼の種属固有の能力である。

この空間に身を置いている限り、どんな探知装置にも検出されることはない。一方ダークゴーネの側からは、川の向こうを見透かすように我々の空間を遠望することができる。しかし我々の空間に干渉するには、プランク長にも満たない細い橋を架けてこの川を渡らなければならない。ダークゴーネはこの能力を使い、彼が所属する帝国の中でいくつもの功績を上げ、現在の地位を築いた。

そして今また彼は、自分に課せられた任務の重大さと計画の順調な進展に満足し、全身の暗黒細胞体を震わせていた。

ルート89の白い女事件で目的のものを十分に集めることが出来たからだ。もうやり方は分かった。効率的に効果的に計画は進む。今度は更に多く集められるだろう。

ＭＡＴが捕捉した特異な波動はダークゴーネが隣接空間に橋を架けた際に生じる干渉波、力場の転移はダークゴーネが我々の空間から何かを持ち去った痕跡だ。

ダークゴーネの前には、異形のシステムが鎮座していた。〈レーテ〉。機械のようでも生物のようでもあり、心臓のようにも胃袋のようにも見えるそのシステムは、今まで集めた〝それ〟を吸収し、軋むような唸りを上げて、不気味に胎動し続けていた。

ロサンゼルスに到着する次郎。目的は敵の正体を確かめ、新たな犠牲を防ぎ、消えた四人の子供を無事救出することだ。その為には次の事件が起きる場所を特定しなければならない。だが最新データによるロサンゼルスの総人口は三九〇万人、その中で明日誕生日を迎える子供は一万人近くいる。とても特定は不可能だ。

だが出発前の次郎にジャックは冗談めかして言った。

「大丈夫。優秀なガイドが手助けしてくれるさ」

その言葉に次郎はすぐピンときた。優秀なガイドとはレネ・アンダーソンのことだ。確かに彼女の特別な能力を借りれば不可能ではない。

まず次郎は消えた四人の子供たちの家を訪れた。ジャックに手渡された装置で測定すると、どの家からも既に例の波動と転移の兆候は消えていたが、親たちは一様に哀しみ、ブギーマンが来ると怯えていた子供の言葉を信じてあげなかった自分を責めていた。

その姿を目の当たりにし、子供たちをさらった犯人――恐らく異星人に次郎は激しい怒りをおぼえた。何の目的があるか知らないが絶対に許せない。

強い決意を胸に最後の被害者ダニエルの家を立ち去ろうとした時、次郎が乗って来たシボレー・コルヴェアの傍らに鮮やかな赤い服を着た女性が立っていた。

「また会えたわね！　ジロー」

レネが美しい笑顔を浮かべた。

ジャックの予測通りレネは次に事件が起きる場所のビジョンを視ていた。未来予知だ。そして子供たちを連れ去った犯人はブギーマンを騙る異星人だと断言する。

「でもこの前のアリゾナといい、異星人はどうしてわざわざ都市伝説を模した事件なんか起こすんだろう？」

次郎の疑問にレネは、

「さあ。もしかしたらジローを怖がらせるためかも」

「まさか……」

幽霊が苦手という心の弱みを見透かされたみたいで次郎は恥ずかしい気分になる。

一時間ほどで二人は目的地のサンタ・クラリタに到着した。この高級住宅街はハリウッドに近く映画関係者が多く住んでいるようだ。

レネが幻視した次の事件現場は緑の芝生が広がり庭に大きなプールもある立派な邸宅だった。少し気圧される次郎をよそにレネが迷いなくポーチのインターフォンを押すと、使用人の女性が出てきてレネと次郎をあからさまに訝る。次郎が身分証を見せてもなかなか信用されず困っていると、「心配ない。もうじき戻って来るから」とレネが呟き、その予言通り一台の高級車が走って来た。

「どなた？」

運転手がガレージに入れる車から降り立ったのは、いかにもセレブな雰囲気の美しい女性と、その後ろに隠れるように次郎とレネを見つめる少女、ジェシカ・テイラー。

「あの、俺たちは――」

「とても重要な話があります。ジェシカさんに関することです」

事情を説明しようとする次郎を遮りレネが言った。

「今夜、何者かが彼女を誘拐します」

その言葉を聞いた瞬間、ジェシカは明らかに怯え、母親の手を強く握った。

「ママ。私の言ったとおりでしょ。ブギーマンが来るの」

ジェシカは誕生日の前日の夜、四人の子供が消えたというニュースをネットで知り、次は自分の番ではないかと恐れていた。

「バカらしい。そんなのはパパが撮る映画の中のお話よ。現実じゃない」

ジェシカの父親はホラー映画で有名な監督で、母親は女優だった。娘の言い分を頭から信用せず、次郎とレネにも帰るよう命じた。

「これ以上、娘を怯えさせるようなことを言えば警察を呼ぶわよ」


「やっぱ、こうなるよな」

テイラー夫人に追い返された次郎とレネは邸宅が見える道路に車を停め、今夜は張り込むことにした。レネが視たビジョンだとブギーマンが現れた時、まだ父親は帰宅しておらず、夫人もお酒を飲んで既に熟睡。起きているのは不安と恐怖で寝付けないジェシカだけらしい。彼女は母親に助けを求めながらクローゼットに引き込まれた。だが幻視したのはそこまで。次郎が無事事件を防げるのかまでは分からないと言った。

「必ず助けてあげてね。ウルトラマン」

「……わかった」

次郎は犯人である異星人への怒りを思い出し、強く頷く。そして、異星人への怒り……。そういえば……。

ふと次郎は東光太郎のことを思い出す。アリゾナ州ルート89での事件で出会った光太郎は、激しい怒りと憎しみを宿して戦っているとZEROが感じ取った。それは自分の為に失った仲間への深い後悔だとも。

「ねえ、レネ。こないだの話、もっと詳しく教えてくれないか」

前回の事件が終わったルート89沿いのカフェで、レネは次郎に、自分が視た未来のビジョンを確かめるためサンフランシスコのサウスビーチを訪れたと言った。そこで彼女が視たのは、もしかしたら……

「ジロー。あなたの想像通りだよ。私はそこで東光太郎と出会った」

「……やっぱり」

「彼はその時、真っ赤な炎に包まれ、異星人を焼き殺した」

同時刻。ソーカルの一室で、ジャックはある資料に改めて目を通していた。

それは東光太郎に関する調査ファイルだ。そこにはニューヨークで発生したある事件のことが書かれていた。異星人がばらまいた特殊な薬物。その副作用により人間が次々と凶暴化したこと。その事件に巻き込まれた東光太郎の身に何が起きたのか、全て詳細に記されていた。

「私は人間の姿に戻った光太郎を追いかけて、聞いたの。どうしてそんなに激しく怒っているの、なぜそんなに異星人を憎んでいるの、って」

「誰かを、失ったから……」

「そう。光太郎は目の前で親友を殺された。異星人に」

「だから、復讐を」

「しかも光太郎は、親友が死んだのは自分のせいだって思ってる」

「自分のせいで？　どうして？」

次郎がレネに尋ねた時、夜の闇にジェシカの悲鳴が響いた。

「！」

レネと共に次郎は玄関に向かう。やはり施錠されていた。ノッカーを叩き、テイラー夫人の名を呼ぶが、起きてくる気配はない。次郎はレネに、ここで待つよう告げる。

「呼びかけ続けるのね？」

「いや、たぶん警備員が飛んで来ると思うから、その対応を」

玄関に大手警備会社『Secured by ADT』の青いロゴが見える。

「そんなものが当てになるワケ――」

みなまで聞かず、次郎は屋敷の裏手に走っていく。そして空にエメラルドグリーンの光が一閃したかと思うと、ガシャーン！　窓ガラスが割れる音に続いてけたたましい警報が鳴り響いた。

「……オーケイ、そういうことね」

レネは肩をすくめ、やがて来る警備員に対しての弁解を考え始めた。

ＺＥＲＯ ＳＵＩＴを装着した次郎が子供部屋に進入すると、いましもジェシカがブギーマンにクローゼットの中へ引きずり込まれようとしているところだった。レネの予知したビジョンの通りだ。

ブギーマン。死人のごとく青白い顔にささくれた麻のフードを被り、枯れ木のような腕でジェシカの足を鷲掴んでいる。下半身はクローゼットの闇の中に消え、どうなっているのかわからない。背筋を走る恐怖と嫌悪を、意志の力で強引に捩じ伏せる。

「その子を離せ！」

ＺＥＲＯは一挙動で頭部に装着されたゼロスラッガーを外し、そのままジェシカを掴むブギーマンの腕を切り上げた。速い。ソーカルに移る前、グランドキャニオンの工房でヤノールと名乗る異星人技師にＳＵＩＴを預け、補修と点検を任せたが、よほど腕が良いのだろう。関節の可動範囲が広がり、パワーアシストにも心なしかブーストが掛かった気がする。以前よりも軽快に、かつ力強く動けるようになった。

切断された腕に足首を掴まれたままジェシカが宙を舞う。間一髪、床に落下する前にその下に滑り込み、柔らかく抱き留めた。

「大丈夫？　怪我はない？」

ＺＥＲＯの腕の中で涙を流し頷くジェシカ。そこへ悲鳴を聞きつけた……というより警報に叩き起こされたテイラー夫人が駆けつける。片腕を失ったブギーマンはクローゼットの中へと逃げ込んだ。

「逃がしはしない！」

ＺＥＲＯはジェシカを母親に託すと、自らもクローゼットへと飛び込む。

「……ここは……!?」

クローゼットの中には異様な世界が広がっていた。黒い森だ。悪夢のようなグロテスクな形をした木々の中を逃げ去るブギーマンの姿が見えた。

「待て！」

ＺＥＲＯがブギーマンを追いかけ黒い森を走り出した、その時だった。

ズボッ。地中から青白い手が伸びるとＺＥＲＯの足を掴んだ。

「!?」

それは血まみれの死者の手。更に次々と地中から死者が現れ、ＺＥＲＯを取り囲んだ。

「う、うそだろ……！」

死者たちの姿はあまりにもおぞましかった。ある者は皮膚が焼けただれ、ある者は体中が腐り、腕や頭が欠損した者もいる。それらが一斉に不気味なうめき声を上げながらＺＥＲＯへと押し寄せる。死者の口から、鼻から、眼窩から、無数のウジやヤスデやシデムシが溢れ出して次郎に降り注ぐ。虫はおろかガスも細菌

も通さぬはずのＵＬＴＲＡＭＡＮ ＳＵＩＴに侵入し、肌の上を這い上る。皮膚を食い破って体内に潜り込む。皮下で産卵し爆発的に増殖する。耐え難い痒みと恐慌に全身が痙攣する。

「来るな、来るな来るな来るな！　うあああああああ！」

恐怖のあまり次郎はパニック状態となる。

『どうした、次郎！　しっかりしろ！』

ＺＥＲＯが呼びかけるが次郎は完全に恐怖に飲まれ、その影響でＺＥＲＯも正常に動くことが出来なかった。

「うあああ！　うああああああ！」

叫び続ける次郎。このままでは精神が崩壊する。そうＺＥＲＯが思った時――、
ズドン！

紅蓮の炎が炸裂！　死者たちを焼き払った。　同時に黒い森も消え去り――、

「……え？」

周囲は見慣れた住宅街だった。テイラー邸を見やると、子供部屋の壁が吹き飛んでいる。クローゼットのあった辺りだ。クローゼットに飛び込んだつもりが、壁を破って外に飛び出し、存在しない死者を相手にダンス＆シャウトを演じてい

たらしい。

ようやく正気を取り戻す次郎。その前に立つのは、

「光太郎、さん……！」

赤い炎の超人、タロウが次郎を見つめ、

「お前が見ていたのは、こいつが作り出した幻覚だ！」

そう言うとタロウは再び灼熱の火炎弾を闇に向けて発射！

「うぎゃああああああああ！」

それは片腕のブギーマンを直撃し、紅蓮の炎に包む。そしてブギーマンは炎の中で異星人の正体を現し、黒焦げとなった。火ぶくれの塊のようなその異星人の骸を科特隊のデータベースと照合したが、既知の移民者リストに該当はなかった。

『その炎は、お前の怒りだ』

タロウにその言葉を投げかけたのは次郎ではなくＺＥＲＯだ。

『お前の目的は復讐なのか』

だがタロウは答えず、光太郎の姿に戻る。次郎もＺＥＲＯ ＳＵＩＴを解除した。

「光太郎さん。何があったか話してくれませんか？　俺たちも何かの役に――」

「話すことなど無い。これは……俺の問題だ」

立ち去る光太郎。その背中を見つめる次郎。

「光太郎が背負っているもの」

いつしかレネが次郎の横に立っていた。

「それは今の私たちには理解できないのかもしれない」

「……それでも俺は……光太郎さんのことが知りたい。彼を助けたいんだ」

「助ける？」

「だって俺……ウルトラマンだからさ」

「……だよね」

ふっと微笑むレネ。だがすぐにその顔が曇り、「あっ」と小さく呻いた。

「どうかしたの？」

思わず心配する次郎を見つめ、レネが言う。

「ブギーマンはまだいる。まだ事件は続くわ」

「……」

そうだ、この事件は終わってなんかいない。消えた四人の子供を無事に救い出すまでは。

それには光太郎さんと一緒に力を合わせて……。

次郎が決意を新たにした、その同時刻――、
ソーカルを発ったジャイロがグランドキャニオンの谷底に着陸した。

工房にやって来たジャックは、冷蔵庫からクアーズを取り出しヤプールに尋ねる。

「例のモノは出来てるか？」

「九割五分ってトコだな。あのニーちゃんのスーツがだいぶ参考になったぜ」

手元のコンソールに集中したまま、ヤプールが答える。

「……だが素直に使うかね。その復讐の鬼は」

一息ついて顔を上げたヤプールの背後には、既存のいかなるＵＬＴＲＡＭＡＮ ＳＵＩＴとも異なる戦闘支援スーツが、鈍い光を放ってコンソールに繋がれていた。

第四話 ブギーマンの夜 後編

真夜中の子供部屋、伝説の怪物ブギーマンがクローゼットから現れ、子供たちを連れ去る。そんな奇怪な事件がカリフォルニア州で四件確認され、調査に向かった薩摩次郎は特異能力者《デュノミスト》であるレネ・アンダーソンと協力し五件目の事件を未然に防いだ。

「ありがとう。ブギーマンを退治してくれて」

昨夜までブギーマンに怯えていた少女ジェシカは取り戻した可愛らしい笑顔で、次郎の頬にお礼のキスをした。

「何赤くなってるのよ。昨日の夜は真っ青な顔してたくせに」

思わず照れる次郎にレネが呆れ顔で嫌味を言う。確かに昨夜の次郎はブギーマンが見せた恐ろしい幻覚にパニック状態に陥った。その不様な姿をレネはしっかり目撃していたに違いない。

「面目ない。昔からお化けのたぐいは大の苦手なんだ」

正直に自分の弱点を次郎が告白すると、

「ノープロブレム。別に恥じることないよ。誰にだって苦手なものはあるし。大切なのはそれとちゃんと向き合い、上手くつきあうことだよ」

恐らくレネは自分に与えられた特別な力のことを言ってるのだろうと次郎が思った時、

「その通りだ。別に恥じることはない」

突如、背後で聞き覚えのある声がした。

「ジロー君がお化け嫌いだったお陰で、ようやく謎が解けた」

次郎が振り向くと、いつも通り人を食ったような笑みを浮かべる巨躯の男がそこに立っていた。

「ジャックさん！　どうしてここに!?」

「聞いてなかったのか？　ジロー君に感謝の言葉を届けに来たんだよ。それと」

ジャックは次郎の傍らにジッと佇むレネを見つめ、

「そろそろ彼女にも会ってみたいと思ったのさ。初めまして、レネ・アンダーソン」

フレンドリーに右手を差し出すジャックを見つめ返し、

「初めまして。ものすごく怪しいマッチョマン」

「ん？」

「次郎がアナタをそう呼んでるから」

レネは悪戯っぽい目で次郎を一瞥し、ジャックと握手した。

「勘弁してくれよ！　勝手に人の心を読むのは」

移動中のシボレー・コルヴェアの車中、次郎が愚痴ると、

「ソーリー。でも次郎は心の声がダダ洩れだから」

レネが涼しい顔で言い返す。

「アハハ。最初はどうなることかと思ったが意外といいコンビじゃないか」

運転席でハンドルを握るジャックが愉快そうに笑う。

「からかわないでください。それよりジャックさん、さっき俺のお陰で謎が解けたって言ってませんでしたっけ？　あれ、どういう意味です？」

「例の波動パターンの正体がわかったのさ」

「波動パターンって、いつも事件現場で観測されていた」

「そうだ。昨夜も同じ波動が強烈に放たれた。ジロー君の体から」

「俺の、体？」

「正確には、脳からだ」

ジャックは昨夜、南カリフォルニア支部ソーカルの一室でブギーマンとZEROの戦いを一部始終モニタリングしていた。そしてZERO、否——、次郎が、ブギーマンが見せる幻覚にパニックに陥った時、例の波動パターンを観測したのだ。

「つまり、それって……」

「恐怖だ。人間が抱く恐怖の感情こそが例の波動の正体だったわけさ」

「恐怖の、感情……」

茫然と呟く次郎の横でレネが言う。

「さっきから何の話をしてるの？　私にもわかるように説明してよ」

「つまりだな……」

ジャックは初めて次郎とレネが出会ったルート89の事件、更に今回のブギーマン事件の現場から同じパターンの波動が観測され、それを異星人が集めていることをレネに説明した。

「要するに人間の恐怖を煽る為に異星人は都市伝説に見立てた怪事件を立て続けに起こした。実際二つの事件はネットで全米に拡散され、人々に不安と恐怖を与えた。その不特定多数の感情も奴らに収集されていることも確認されてる」

「でも理由は？　恐怖の感情なんて集めて異星人は何をするつもりなんでしょう？」

「それはまだわからない。ただはっきりしてるのは、更に人々に恐怖を植え付けるために次の事件が起きるに違いないってことだ」

ジャックは次郎の問いにぶっきらぼうに答えると、

「君にはもう見えてるんだろ？」

ミラー越しにレネを見つめ、そう問いかけた。

「……うん。ビジョンは見えたよ」

そうだ。次郎は思い出す。ジェシカを救い出したあと、ブギーマンの事件はまだ終わっていないとレネは言っていた。あの時既に彼女は次の事件を予見していたのだ。

「何が、見えたの？」

焦る気持ちを抑えながら次郎が聞くと、

「今度は一人じゃない。大勢の子供たちが一度にブギーマンにさらわれる」

「大勢の子供たちが……！　いつ？　どこで？」

予想外の情報に次郎は驚き、気持ちを抑えきれず立て続けに聞く。

「事件が起きるのは……今夜。場所は……はっきりとはわからない。でも多分……もう少ししたら、もっとはっきり見えると思う……ごめん」

「……いや。レネが謝ることないよ。俺こそ……何か焦らせて、ごめん」

今までさらわれた四人の子供たちを必ず連れ戻す。その強い使命感が次郎を急かしていた。でもレネに頼ってばかりじゃいけない。自分でも出来ることを考えなければ。改めて次郎が思った時、

「まだ時間もあるようだし、少し寄り道するか」

不意にジャックが言うとハイウェイを脇道へと外れた。


二時間後、三人が到着したのはモロベイという小さな港町だった。

まず次郎の目を引いたのが、沖合のまるでお椀を伏せたような大きな岩だ。

「モロロック。この地にいたネイティブアメリカンの聖地だ」

ジャックが地元のガイドのように説明する。

「あの……どうして、ここに?」

「アイツがいるからだよ」

ジャックの言葉を聞いた瞬間、次郎の頭にある男の顔が浮かんだ。

「お。いたいた」

暫く海沿いの道を進むと、モロロックを遠くに望む桟橋の上で一人の男がシャドーボクシングをしているのが見えた。

「……やっぱり」

次郎が呟くと同時、気配を感じたのか男がこちらを振り向く。それは東光太郎だった。

「よお。どうだい、調子は?」

まるで旧知の仲のようにジャックが光太郎に声を掛ける。

「またアンタか。何の用だ?」

相変わらず素っ気なく答える光太郎の目には敵意すら浮かんでいる。

「まどろっこしい前置きは無しだ。俺たちと一緒に戦う気は無いか?」

「それなら何度も断ったはずだ」

「ああ、確かにな。だが今度は前とはちょいと事情が違う」

「何が違う?」

「こいつらがいる」

ジャックは芝居がかった大げさな仕草で次郎とレネをこなした。

「お前にはこいつらの力が必要だと思うぜ。そうだろ？」

「どういう意味だ」

無視して立ち去ろうとする光太郎に、

「決まってるだろ。お前の目的を果たす為にだよ」

ジャックの言葉にふと光太郎が立ち止まる。

「余計なお世話だ。俺には誰の助けもいらない」

そう吐き捨て再び歩き出す光太郎に、

「待ってください！　光太郎さんは復讐をしようとしているんですよね！」

思わず次郎がその背中に叫ぶ。

「知ってます！　異星人に親友を殺されたことは！」

「……」

「俺の相棒も光太郎さんと同じです！　大切な人たちを殺した仇を倒すと誓い、戦っています！　それは哀しくて苦しい戦いです！　相棒はアナタを助けたいと思ってる！　俺もそれは同じです！」

「……」

「彼女も……レネだってそうです！　あなたの事ずっと心配してます！　俺たち

に手伝わせて下さい！　光太郎さんの仇を見つけるのを――」

「仇なら……もう殺した」

「……え？」

「親友を殺した異星人は……俺がその場で……殺した」

絞り出すように光太郎が言った時、レネがはっとなる。

「今……彼の心が視えた」

目の前で大切な親友デイブを無残に殺された直後、光太郎は炎の超人として覚醒し、仇の異星人を跡形もなく焼き尽くした。だが……

「怒りは……消えることが無かった」

そうレネが呟くと、

「そうだ！　お前の言う通りだ！　俺は仇を打ったあとも異星人への怒りや憎しみが消えることは無かった！　むしろ異星人を倒せば倒すほど俺の中でその感情は大きく燃え上がるばかりだ！　助けたいだと？　ふざけるな！　これはお前らにどうこうできる問題じゃないんだ！」

感情を一気に吐きだすように光太郎が叫ぶと、

「ああ、そうだろうな。お前の復讐は永遠に終わることはない」

静かにジャックが言う。

「何故だかわかるか？　いや、もうお前は気づいてる。……だろ？」

「……」

光太郎は答えない。するとジャックが語り出す。

「俺の知り合いの話だ。その男は天涯孤独で誰も他人を信じちゃいなかった。生きるのに必要なのは己の力だけ。喧嘩三昧の日々の中、危うく命を落としそうになった時、偶然ある日系人の兄妹と出会い、助けられた。そして生まれて初めて人の優しさに触れ、やがて本当の家族のようにつき合うようになった。元々はル・マンのテストドライバーだった兄は事故で足を悪くして今は自動車の修理工場をやっていた。その男は工場を手伝い、自分もル・マンに出たいという夢を持つようになった。そしていつしか妹とは恋人同士となり、夢に向かって精一杯に生きて、小さな幸せも噛みしめていた。でもそんな細やかな日々は……呆気なく打ち砕かれた。兄妹が異星人に殺されたんだ」

「そんな……」

思わず次郎が呻き、光太郎とレネは無言のまま、ジャックの話を聞いていた。

「その男は怒りに燃え、大切な人たちを奪った異星人を、血を吐くような日々の中で必死に探した。そして一年後、ようやく仇の異星人を探し出し、追いつめ、殺した。だが……その男の怒りは消えることが無かった。……何故だ？　何故⁉　自問自答し、男は気づく。その怒りは自分自身に向けられたものだったことに」

　ぴくりと光太郎に動揺の色が浮かぶ。

「実はその男は知っていたのさ。兄と慕った男が、心から愛した恋人が死んだのは……全て自分のせいだと。自分の浅はかで愚かな行動のせいで二人は異星人に狙われ、殺されたんだ。だがその事実を認めたくなくて、復讐という感情でずっと誤魔化してきた。だから復讐を終えた時、その事実と向き合うしかなかった。逃れられない現実と。……だからその男は決して消えることのない後悔と贖罪を抱えながら……今も自分が生きる理由を……その答を探しているそうだ」

「……」

　光太郎は無言で拳を強く握りしめる。まるでジャックの言葉が自分に向けられたもののように。

「あの……その男の人って、もしかして――」

「俺じゃねーよ」

　次郎の言葉をすかさずジャックが遮ると、無言の光太郎をジッと見つめ、

「もっと、大きなものの為に戦え」

そう言うと何かを手渡し、その場を立ち去った。

「ちょっと、ジャックさん！」

慌てて次郎がその後を追い、レネは無言で佇む光太郎に、

「待ってるから」

優しい笑顔を向け、やはりジャックの後を追った。

一人残された光太郎の手には、星のような形をしたバッジが握られていた。紅いセンターストーンの嵌まったベゼルの周囲に一回り大きいプラチナのリングと、それに内接するデルタ型のウイング。その各辺からリングの外まで突出するスパイクが三本。そのうちの一本が長く、それぞれにサテライトストーンが配置されている。一見、何の変哲もないアクセサリーだが、可視光線の帯域を超える視力を得た今の光太郎の目には、集積回路と送受信機が収められた超精密デバイスの一種であると知れた。

「間違いない。この場所だよ」

次第にはっきりするレネのビジョンに従ってジャックはコルヴェアを走らせ、

サンタモニカの海沿いにある遊園地に到着した。

既に日は暮れていたが多くの家族連れや若者たちで賑わい、子供たちの姿もある。

レネの幻視通りここに異星人が現れ、子供たちが襲われれば大パニックが起き、多くの負傷者が出るに違いない。

ジャックは国防省権限で遊園地の営業を停止。客たちを全て園内から退避させるが、ホラーハウスに入った数人の子供たちが戻っていなかった。

「まずいな……」

「これがレネの視たビジョンか」

次郎たち三人は無人のホラーハウスの中へ。

薄暗い空間には奇怪な人形が並び、子供たちを怖がらせるには十分な雰囲気を醸し出している。普段の次郎なら間違いなく尻込みするところだが、今は子供たちを救わなければという強い意志が恐怖を打ち消していた。

暫く迷路のような狭い路を進むと、不意に大きな鉄の門が三人の前に立ち塞がった。

「行き止まり……!?」

「違う。この先に子供たちがいる」

レネの言葉に次郎が門扉を押すがビクともしない。いや、何か開ける方法があるはずだ。

次郎が必死に考えを巡らせた時、ガン！　ジャックが無造作な前蹴りで扉を粉砕した。

「行くぞ」

門をくぐり更に先へと進む三人。やがて地下へと続く階段が現れる。

「この先に……」

レネの言葉に従い階段を降りると、そこには信じられないほど広大な地下空間が広がっていた。そして――、

「助けて」「怖いよ」「怖いよ」「怖いよ」

微かに聞こえる声に次郎たちが目を凝らすと空間の中央に不気味な柱が屹立し、その柱を起点とした巨大な蜘蛛の巣が張り巡らされ、多くの子供たちが羽虫のように捕らえられていた。

「怖いよ」「助けて」「助けて」「パパ」「ママ」

恐怖の声を必死に上げる子供たち。中には過去にブギーマンに連れ去られた四

人の子供の顔もあった。

「待ってろ！　今すぐ助けるから！」

次郎が子供たちを捕える柱のひとつに手をかけた瞬間、その腕を掻き切ろうとするように大鎌が閃いた。反射的に手を引っ込め、かろうじて回避した次郎が鎌の出所を目で捜すと、林立する柱の陰から、大鎌を、鉈を、大鋏を手にしたブギーマンが次々に姿を現した。奇怪なことに、どう見ても細い柱の陰に身を隠せるようなサイズではない。

「あの一匹だけじゃなかったのか……！」

サンタ・クラリッで黒焦げになったブギーマンが脳裏をよぎる。

「ここで一網打尽にできりゃ、西海岸も元通り静かになるってもんさ」

ジャックが右腕のブレスレットに触れ、ＪＡＣＫ ＳＵＩＴを装着する。次郎もＺＥＲＯ ＳＵＩＴをまとった。このような地下でも転送システムは正常に働くらしい。

「レネ、君は安全なところへ」

「泣き叫ぶキッズたちを放って隠れてろって？　馬鹿にしないで、こう見えても――」

レネはどこに隠し持っていたのか、一三連発のベレッタＰＸ４ストーム・サブコンパクトを抜いた。その目の前で、ブギーマンたちが折り重なるように密集し、悪趣味なキャンディー細工のごとく身を絡ませ合って巨大な集合体を形成した。鋏を逆さにしたような頭部は天井に届き、子供たちを背に金属的な呻き笑いを上げて三人を見降ろしている。

レネはベレッタのセーフティを元に戻して再びしまい込んだ。

「オーケイ、時には人の忠告を聞くことも大事よね。グッドラック！」

お座なりな投げキッスをよこして引き下がるレネを確認し、ＪＡＣＫとＺＥＲＯは後にギランボと名付けられるブギーマンの集合体に向かって身構えた。

ピッケルのように尖った右手の先を、大鎌や鉈に変形させてギランボは攻撃してくる。やすやすと餌食になる二人ではなかったが、地の利は向こうにあった。第一に敵は常に子供たちを背にしており、ＥＸライフルやワイドショットのような大型火器を使うわけにはいかない。第二に、天井や柱の陰を埋め尽くす闇の向こうがどうなっているのかわからない。ゼロスラッガーを投じてもまるで手ごたえがなく、どこまで飛んでも反対側に出ることがない。まるで異次元につながっているようだ。ブギーマンが狭いクローゼットや細い柱の陰に潜める理由はこれだろう。第三に、エネルギーの消耗が異常に激しい。この不可解な闇に閉ざされた地下空間は、時間の進行速度が違うのかもしれない。子供たちも疲れ切ってもはや声を上げる気力もなく、みるみる衰弱しつつある。急がなければ。

しかし焦れば焦るほど思考は鈍り、体力は失われてゆく。

『しゃんとしろ次郎！　レネが呼んでいる！』

ＺＥＲＯの意思が、浮足立つ次郎に喝を入れた。見ると、レネがしきりに上を指さしている。何か直近の未来を幻視したのか。

「上？」

二人が見上げるや、轟音を立てて天井が砕け、巨大なグリッパーのついた金属アームがギランボを掴み上げた。破れた天井の上に、星空を背にして三〇〇メートルはあろうかという銀色のバカでかい飛行船が浮かんでいる。金属アームはその底部から伸びていた。

「スカイハンターがなんだってここに⁉」

ジャックの驚きをよそに、赤い火の玉がアームを駆け下り、子供たちを絡め取っている蜘蛛の巣を焼き払った、落下する子供たちを、三人がかりで抱き留める。

火の玉の正体は、もちろん光太郎だ。

「光太郎さん！」

「来てくれると思ってた」

「けどその身体じゃ、チビ共を火傷させちまうな」

一同の言葉に、炎の超人は背を向けたまま答えない。

だがその手には、ジャックが託したバッジが握られていた。

バキン、グリッパーを押し拡げて縛を脱したギランボが、一同の前に着地し咆哮する。

怒り狂っているのは明らかだ。

おもむろに、光太郎が口を開いた。

「俺は異星人と戦う。この子たちを守る為に。ウルトラマンとして！」

超人の手がバッジをかざすと同時、エメラルド色の光が衛星軌道から降り注ぎ、燃え上がる身体を包み込んだ。その炎のような赤と銀のSUITで——

「光太郎……」

「光はいらない。ただのタロウだ」

JACKとZEROとTARO、三人のULTRAMANの反撃が始まった。

天井が破られたことで闇の力場が崩壊し、エネルギーの蒸散も収まっている。子供たちを傷つける心配もない。条件はイーブンだ。

TARO SUITは従来のULTRAMAN SUITと異なり、防護や強化ではなく抑制に特化した機能を持つ規格外装備だ。しかしその余剰熱は、攻撃にも的確に転用される。彼が拳を打ち込むとき、足刀を薙ぐとき、噴き出す炎が威力を倍増させた。

JACKが腕部内装式収縮ソードで、ZEROがゼロランスで援護する。

「いいねェ、それ。貸りるよ」

え？　と思う間もなくランスを奪われるZERO。JACKはランスを逆手に――穂先ではなく石突を前方に向けて構え、途方もない腕力で投擲、ギランボを床に縫い付けた。動きの止まったギランボの顔面に、TAROがひたと掌を当てる。

ボン！　TARO SUITの後頭部に設けられた排炎用ダクトから二メートルもの余剰エネルギーが噴き上がったときには、床に突き立つさかさまのゼロランスを残し、ギランボは消し炭と化していた。

「お見事、お見事」

ぱんぱんと拍手をしながら、見知らぬ黒人紳士が二人のSPを引き連れて近づいて来た。

ＳＵＩＴの装着を解除したジャックがすかさず食ってかかる。

「アルバート、てめェ！」

「おやおや大尉、えらくご機嫌斜めじゃないか」

「大尉はよせ、とっくに軍は除隊してる！　それより何のつもりだ！」

始まった英語での言い争いを、次郎は目を白黒させながら見守るほかない。聞けば、紳士の名はアルバート・ウェイアンズ。科特隊米国支部の責任者で、モロベイで別れた後に光太郎と接触し、例の飛行船でここに送り届けてくれたということらしい。何でもＷ.Ｉ.Ｎ.Ｒ.と呼ばれる即応部隊が、ロサンゼルス郊外に拠点を持っているのだとか。

その大型飛行船スカイハンターはホラーハウスの焼け跡上空に係留され、降下した医療スタッフが子供たちに必要な検査と処置を施している。

ジャックにしてみれば自分の仕事に横入りされた形で、余計な借りを作ることになってしまい、それがはなはだ面白くないようだ。ＭＡＴにも科特隊にも、色々と思惑があるのだろう。仲良くすればいいのに、と顔を見合わせる次郎とレネだった。

夜明けの遊園地。子供たちと親が抱き合い喜び合う。その笑顔を見つめる一同。

既にスカイハンターは引き上げている。

「ありがとう。助かったよ」

握手を求めるジャックに、

「アンタの為に戦ったんじゃない」

以前と変わらぬ調子で光太郎が言い、その場を立ち去る。

「たく、素直じゃねーな」

苦笑するジャックに、

「おなかすいた。朝食おごって」とレネ。

「わかった。うまいビールが飲める店に行くか」

「ちょ、朝からビールって」

呆れながらも微笑む次郎。ジャック、レネ、そして光太郎。アメリカに来て新しい仲間たちが出来たことがとても嬉しかった。

第五話 史上最大の決戦・序章

「恐怖の感情ねえ……」

井手は、机上に据えられたディスプレイに映るジャックを前に、途方に暮れた顔で言った。科特隊日本支部の指令室に隣接する執務室の中だ。

「納得いきません？　だけどデータが明確に示してるんですよ。事件現場で観測された波動パターンと、居合わせた人間の恐怖の感情との間には有意な関連性があるってね」

一方のジャックは、NSAに所属する非公式部署のひとつ、MAT南カリフォルニア支部――通称ソーカルの一室で、同じくディスプレイ上の井手と向き合っていた。

『いや、そこを疑ってるわけじゃないんだ。ただ、敵の意図がわからなくてね』

それはそうだ。恐怖とは大脳辺縁系で起こる神経反応のひとつに過ぎない。集めたり貯め込んだりできるものではないし、仮にそこからエネルギーを取り出す

だろう。技術が存在したとしても効率が悪すぎる。もっと合理的な手段がいくらでもある

「その点は俺に聞かれても困ります。恐怖によって力場が発生し、それがどこかへ持ち去られているんじゃないかってのが、ウチの有識者会議の見解でしてね。そう不思議でもないでしょう？　ヤツらにとっちゃただの娯楽かもしれないし、宗教的に意味のある儀式なのかもしれない。連中が不合理な行動を取る理由なんて、それこそ星の数です」

「儀式？　儀式か……フム」

ジャックの言葉に何か思い当たることがあったか、井手は考え込んでしまった。

彼が何気なく発したこの言葉が図らずも的を射ていたことを、後に世界中が知ることになろうとは、この時点でいったい誰が予測しえよう。

ディスプレイの向こうで、当のジャックが焦れる。

『で、どうです？　双方にとって価値のある提案だと思うんですがね』

「わかった、サインしよう。本件に関しては、私の権限の及ぶ限りにおいて協力を惜しまないと約束する」

「賢明な判断に感謝します。細かい手続きについてはウェインからメールさせますんで。諸星の旦那はまだ上海でしたっけ？　よろしく伝えといてくださいよ」

ジャックは通話を切るなり、片手で弄んでいたギネスのプルタブを開け、喉を鳴らして飲み干した。

「もう飲んでるし」

「交渉も雑」

傍らでやり取りを見ていた次郎とレネが呆れる。

二本目を飲み干したジャックが缶を掲げて見せるが、二人とも丁重に断った。

「君らもどう？」

さすがに朝からスタウトビールを呷る気にはならない。

ジャックと井手の会話の概要はこうだ。

ＭＡＴが調査中の事件現場で、人の恐怖の感情に呼応する特異な波動のパターンと、それに伴う力場の転移が確認された。誰が何のためにそんなことをしているのかも気になるが、それがどこへ送られているのかを特定したい。そのために科特隊とＭＡＴでデータを共有し、互いの人的・物的リソースをシェアし合わないか？

これには「次郎をもうちょっと貸しといてくれ」という言外の意味も含まれていた。


「レネはどう思う⁉」

ソーカル内にあるカフェテリア。少し遅い朝食を取りながら次郎が、差し向かいに座るレネに尋ねる。

「どうって、何が⁉」

レネの返答は声のトーンからしてやや不機嫌だ。今は食事の真っ最中。トーストとゆで卵とコーヒーだけの次郎に対し、レネの前にはエッグベネディクトにシーサイドオムレツ、フライドポテト、野菜サンド、シーザーサラダ、コーンスープが所狭しと並んでいる。

近くのテーブルに座る数人のマッチョな男性職員がレネの大食ぶりを感嘆のまなざしで見ている。だがレネは好奇の視線には慣れっこのようで、手を止めることなくそれらの料理を黙々と食べている。

「何か……新しいビジョンは？」

ビジョンとはレネが幻視する未来の出来事のことだ。彼女には上海でのガタノゾーア大災害が起きた時、突如その力が与えられた。こうしてボリューム満点の食事をするのも、その能力を使うことで消耗されるエネルギーを補うためだ。

「う〜ん。これといって、無い」

レネが初めて食事の手を止めると眉間にへの字のしわを寄せ答える。きっと意識を集中させているのだ。

「でも、予感はする。今までとは違う、何か胸騒ぎがする」

「胸騒ぎ……」

次郎にはレネのような力は無いが、確かにここ数日、胸のあたりがザワザワするのを感じていた。その正体が何であるのか、遥か遠く離れた地で、より具体的なビジョンを視ている者がいた。


熱帯雨林を横断する鉄道の車内。ダイゴの腕の中に抱かれた一歳の赤ん坊のつぶらな瞳——青と金色のオッドアイが開かれる。

「ユザレ。何か視えたのか？」

そう問いかけるダイゴの頭の中に直接、ユザレの声が響く。

〝滅亡の闇が……世界を覆い尽くす〟

「滅亡の闇……まさか……！？」

思わず声が大きくなるダイゴに再び声が響く。

〝そう。あの時と同じように〟


「うっ」

突如、食事を終えたばかりのレネが呻いた。

次郎は一瞬、さすがに食べ過ぎて気分が悪くなったのかと思ったが、レネの手は口ではなく額とこめかみをグッと抑えている。ビジョンを視たのだ。

「ジーザス……何も見えない……」

「見えないって……」

「闇だよ。空が……街が……世界が……暗黒の闇に包まれる！」

レネはユザレと同じ言葉を絞り出すように叫ぶ。その表情は次郎が今まで見たことも無いほどに怯えていた。


ユザレとレネが不吉なビジョンを視た一時間後、赤道上空約三万六千キロの対地同期軌道にある転送中継衛星V3のレーダーが外宇宙から接近する複数の物体を確認。ほどなくしてそれらは大気圏を抜け、米国イリノイ州の上空へと飛来した。

「何だ、ありゃ」

ソーカルの一室。転送された映像を見つめジャックが呟く。モニターには雲霞の如く空を覆うおびただしい数の飛行体が映し出されていた。

「それにしても、凄い数ですね」

ジャックの背後からモニターを覗き込む次郎に、

「数は、およそ一万だ」

不機嫌そうにジャックが答える。

「こんだけの客をやすやすと入れちまうとはな。歓迎の準備はまだかな」

だが数分後、現状での迎撃はせず、まずは飛行体の正体を確かめるという連絡が国防総省から通達された。

「やれやれ。それじゃ、行くか」

ジャックに従い、次郎とレネもイリノイ州へと向かった。

「さっきレネが視たビジョンって、これのこと?」

マッハ一で飛行するMATジャイロの機内、監視モニターに映る謎の飛行体群を指し次郎が確認すると、

「確かに空を黒い影が覆ってた。でも私が視たのは、もっと激しかった」

「激しかった？」

「例えば鳥や魚の大群みたいに、統制された形で素早く飛び回るみたいな」

「なるほど」

レネの言葉を次郎が何となくイメージした時、

「そろそろ到着だ。見てみろ、実物を目視できるぞ」

ジャックに言われ次郎とレネが窓外に目をやる。

「……何か……嫌な感じだ……」

空に浮かぶ無数の金属体が太陽の光にキラキラ輝いている。一見美しいが、次郎にはその光景がとてつもなく不気味で不吉なものに感じられた。

「ハロー、ジャック！」

「元気そうね！」

着陸したジャイ山からジャックたち三人が降り立つと、それを待ち受けるよう

に一組の男女が笑顔で近づいて来る。服装から彼らもＭＡＴのメンバーであることが次郎にもわかった。

「ジロー君。レネ。こいつらは俺の頼れる戦友、リチャード・サウス中尉とエレナ・ヒル少尉だ」

「ああ。シールズ時代からの腐れ縁だ」

ジャックに紹介された男性、サウスは爽やかな笑顔を次郎たちに向ける。

ヒルと紹介された女性が次郎を珍しい動物でも見るような目で見つめる。

「は〜、君が、あの噂の」

「あの……どんな噂でしょう」

「そしてこちらがアメージングな力の持ち主ね。よろしく」

次郎の質問には答えずヒルは優しい笑顔でレネに握手を求める。

「レネ・アンダーソンです。よろしく」

「よし。自己紹介も終わったところで早速、調査を始めるか」

まだ自分は自己紹介できてないと思いつつ、次郎はジャックたちの後をついて行く。

暫く行くと一台の観測用機材を満載した装甲車両が停まっており、車内には分光装置や共鳴装置がズラリと並んでいる。既に謎の飛行体に対する分析作業が進んでいるようだ。

「ラビットパンダ。借り物だが優秀だ。走るCSIってとこだな」

「今のところ解ったのは、あの飛行体を構成する金属と類似した分子構造が科特隊のデータベースで確認されたわ」

ヒルがデータベースに保管された画像を呼び出す。

「これは……レギオノイド！」

モニターには過去に上海のダイブハンガー建設地で次郎が遭遇した侵略用ロボットが映し出されていた。

「そいつは興味深いな。つまりあの飛行体は明らかに俺たちの敵ってことか」

「ああ、残念ながら握手できる相手じゃなさそうだ。あの箱の中から素敵なプレゼントが出てくるかもって期待してたのに」

ジャックの傍らでサウスがおどけた仕草で言うと、

「待って。何かおかしい」

ヒルの緊迫した声が響く。監視モニターに映る飛行体に変化が見てとれた。無数の金属飛行体の群れが一斉に細かく振動し、キーンと耳障りな音を立てている。

「ドローンを接近させろ」

「了解」

ジャックの指示でヒルがドローンを操作し、飛行体へ更に接近させた。その時――、
ブバババババババババババババ！　不気味な音と共に飛行体の中から黒い無数の何かが飛翔し、一瞬でドローンを包み込むと破壊した。

「何だ、今のは⁉」

ブラックアウトした監視モニターを見つめジャックが呻いた時、激しい衝撃音と共に車体が揺れた。どうやらドローンを撃墜した何かがラビットパンダに襲い掛ったらしい。強化ガラスの外には無数の大きな黒い蛾のようなものが羽ばたいている。

「サウス！　車を出して！」

「ダメだ！　エンジンが掛からない！」

「こいつらが侵略者からのプレゼントか。いい趣味してやがる」

車両を取り囲む黒い蛾を鋭い眼光で睨みつけジャックが吐き捨てる。

「このままじゃこの車もドローンの二の舞だ。サウス、ヒル、出るぞ」

ジャックの言葉に二人が頷く。

「ジロー君。君もだ」

「……はい！」

「レネ。君はここで待機だ」

「OK。気をつけて」

「よし。胸糞悪い虫どもを一匹残らず駆除する」

ジャック、サウス、ヒルが次々に強化外骨格を装着。

次郎も腕のポインターでZERO SUITを呼び、装着した。


「イリノイ州の状況は？」

科特隊本部。井手の問いにオペレーターたちが答える。

「ダメです。飛翔体の影響で観測機器がダウン、確認できません！」

「無線に甚大なノイズ、通信が途絶えました！」

「あの飛翔体は何だ？　生物兵器か何かなのか」

「見覚えがある」

苛立つ井手の背後からエドが答える。

「あれはムルロア星に生息するスペースモスだ」

「スペースモス？」

「実に厄介なモノを持ち込まれた。あれの本当の恐ろしさは……」

珍しくエドが言葉を飲み込む。

「エド。教えてくれ。何だというのだ？」

そこへ、マヤが報告する。

「市民がネットに上げた映像を統合・補完しました。シカゴの状況、出ます！」

全員が大スクリーンに注目する。

ウィリス・タワーのスカイデッキから撮影されたと思しいその映像には、フロアに身を寄せ合い怯える市民の姿と、窓の外を埋め尽くすスペースモスの黒い雲が蠢いている。

その雲を、一条の閃光がモーゼを前にした紅海のごとく二つに割った。閃光はさらに水平に薙がれ、黒雲が扇状に晴れて地上の様子が露わとなる。扇のかなめはウィリス・タワーから北西に位置するフランクリン・センター、その屋上に立つＺＥＲＯだった。両腕にワイドショットを装備している。黒雲を割った光条の正体はこれだ。

スカイデッキの市民たちから歓声が上がる。

どうやらマヤが、ビル内の防犯カメラや複数のスマホの映像を組み合わせて仮想の中継カメラを設定し、見せてくれているらしい。屋外はダメでも、屋内なら基地局から先は有線ネットワークだから、接続を確保できる理屈だ。


「やるねえ、ジロー君」

地上から見上げているのは、強化外骨格をまとったジャックとサウス、ヒルの三人だった。サウスとヒルのＳＵＩＴは頭部や胸部、腕の固定武装などの仕様が、ジャックのそれとは若干異なっている。

「あの装備、我々にも支給してもらえませんかね」

サウスがぼやく。ＺＥＲＯが携えるワイドショットのことだ。

「コネクターの規格が違うから、こいつには接続できないんだとさ」

「今ある手札で勝負するしかないってことね」

三人は背中合わせに固まってしゃがみ込むと、一斉に拳で地面を叩き百数十メートルもの垂直ジャンプを敢行。その頂点で互いの踵を蹴って散開し、手近なビルに跳び移った。そして腕部に装備された連装レールガンをアクティベート、スペースモスを片端から撃墜してゆく。「イーハー！！」とカウボーイさながらの叫声を上げながら。

だが、彼らにもわかっていた。数が違い過ぎる。たった四人ですべてのスペースモスを一掃することは不可能だ。今は少しでも時間を稼ぎ、軍が市民を安全な場所へ避難させるのを祈るしかない。じきにこの宇宙蛾だか何だかに対して有効な武器も開発され、人類は最終的な勝利を手に入れるはずだ。最悪、我が国第三位の人口を抱えるこのシカゴを失うことになるとしても。

その願いも虚しく、軍による市民の避難誘導は遅々として進んでいなかった。スペースモスのまき散らす鱗粉が電磁パルスを発し、通信がままならないばかりか、タールのように粘り付いて車両や機材を使い物にならなくしてしまうためだ。

ＵＬＴＲＡＭＡＮ ＳＵＩＴも例外ではない。通信障害で互いの連携は取れず、可動部に付着した鱗粉が動作不全を引き起こす。そう長くは戦えない。

有効と見えたＺＥＲＯのワイドショットのエネルギー残量はたちまち底をついた。残るＥＸライフルもレールガンも、所詮は線の貫通力を旨とする兵器だ。数で押してくる相手には向いていない。ショットガンや榴弾のような、面の制圧力が必要だ。

　苦戦する一同の眼下へ、ミレニアム・パークに退避させていたラビットパンダが駆け込んできた。窓からレネが何か叫んでいるのが見える。何か緊急の連絡があって、通信が阻害されているため直接伝えに来たものと察せられた。

　思う間もなく、スペースモスがラビットパンダに殺到する。救助に向かおうにも、ビルの上からでは到底間に合わない。

「レネ！」

　次郎が叫んだのと同時、西の空から真っ赤に燃える火の玉が飛来し、周囲の黒雲を焼き払った。炎体のタロウだ。両手から盛大に火炎を放射し、スペースモスの群れを炎上させてゆく。面の制圧力。まさに求めていた援軍だった。その間にラビットパンダも屋根のある駐車場に身を押し込んだ。それを確認し、タロウもあるビルの上に着地した。

「寝坊かタロウ？　ゆうべ何本飲んだ？　それとも――」

　事態を知るなり西海岸からノンストップですっ飛んで来たであろう救世主を、ジャックは軽口で迎える。

「……邪魔なら帰る」

「せっかく来たんだ、ランチくらい食っていけよ」

「その前に、何か着てくれない？　目のやり場に困るわ」

サウスとヒルの追い打ちに、タロウは不承不承と言った体でバッジを掲げた。

ＴＡＲＯ ＳＵＩＴが、炎の身体を覆ってゆき、余剰熱をダクトから排出する。

「悪いが勝手に避けてくれ」

そう言ってＴＡＲＯが拳を腰だめに構えた。炎が腕に集まっていくのがわかる。

「ヤバイぞ、伏せろ！」

何をしようとしているかを察したジャックが、ほぼ同じ高さの屋上にいるサウスとヒルに声をかけた。

ＴＡＲＯが腕を真横に開く。その両掌から、猛烈な勢いで長大な炎の奔流が噴出した。長い。左右それぞれ五〇〇メートルはあるだろうか。奔流に触れたスペースモスが一瞬で蒸発する。ＴＡＲＯは踵を返し、身体をぐるりと一回転させた。身を伏せたサウスの頭上を炎が通過する。一瞬で半径五〇〇メートルの範囲のスペースモスが全滅した。

ＴＡＲＯのＳＵＩＴの排熱機構が悲鳴を上げている。

気軽に連発できる技ではなさそうだ。

呆気に取られるサウスが、力なく言い添えた。

「……ディナーも奢らせてくれ」


一同のＳＵＩＴにラビットパンダからのコールが届いた。レネだ。

付近のモスが一掃されたため、一時的に無線が回復したのだろう。

『戻って。一時撤退よ』

おかしなことを言う。ようやく形勢が逆転し、突破口が開けたというのに。

『そんなの幻よ！　桁が……桁が違い過ぎる……！！』

レネの声は震えていた。また何かを幻視したに違いない。

『ともかく今は……を……って……』

再び通信障害が起き、レネの言葉は途絶えた。

振り仰ぐと、はるか上空の金属飛行体から黒雲が湧きだしていた、推定数億頭ものスペースモスの群れが、後から後から湧きだしてくる。

「まだあんなに飼ってやがったのか……」

さすがのジャックも、気圧されている。

否も応なかった。

四人はラビットパンダと合流し、市民の避難を急ぐ軍と共にシカゴから撤退した。

完全なる敗走──それ以外の何物でもなかった。

次郎らがスコット空軍基地の片隅に仮の宿を得た頃には夜明けを迎えようとしていた。

あの後、スペースモスの群れはニューヨーク、ロサンゼルス、ヒューストン、フェニックスなど人口密集地にも出現し、鱗粉を振りまいて都市機能を麻痺させているという。

鱗粉の雲に遮られ、陽の光が地上まで届かなくなった地域も多い。

三日後には、ほぼ全米が闇に閉ざされるまでとなった。

インフラが破壊されたことにより情報は錯綜し、生活必需品の供給が途絶え、社会システムが信頼を失った。人々は恐れ、パニックに陥り、暴徒化した。

そしてその恐怖が生む波動は、人知れず力場に変換され、隣接空間に潜むダークゴーネが管理する異形のシステム〈レーテ〉へと吸収されていった。

「まだ足りません……さらにさらに大量の恐怖が必要です……」

国連加盟各国は、シカゴが封鎖された直後から人道支援の準備を始めていた。

しかし一週間後には、どこの国にもそんな余裕は無くなっていた。

スペースモスが、北米大陸以外にも出現し始めたからだ。

中国福建省。ドイツ連邦バイエルン自由州。イタリア共和国ピエモンテ州。

そこにもスペースモスを満載した数万の金属飛行体が飛来し、黒雲で太陽を覆い隠した。


福州には諸星が、ミュンヘンには進次郎と北斗が、トリノには早田がそれぞれのサポートチームを伴って飛び、各国の支部や軍と協力してその殲滅を試みた。しかし雲霞の如く押し寄せるスペースモスの脅威を取り除くことはできず、現地に留まって警戒に当たる以上の対処はできていないのが実情だった。

日照の消失は一州一国だけの問題にとどまらず、全地球的な気象や生態系にも大きな混乱をもたらす。直接にはスペースモスの被害を受けていない地域にも、近い将来顕著な影響が出ることは間違いない。その事実が、社会の混乱に一層拍車をかけた。

この頃になると、もう誰もが気付いていた。

金属飛行体の現れた地域が、ガタノゾーア出現に先立って暗黒の門を開く血の儀式が行われた場所と一致することに。

またあの大惨劇に匹敵するカタストロフィが起きようとしている。

今や世界中が闇に包まれたも同然だった。

より多くの人々が来たるべき破滅の予感に震え、より多くの恐怖がレーテへと送られた。

シカゴが襲われてひと月もたたぬうちに、世界は一変してしまっていた。

かつて血の儀式が行われた都市のうち最後の一カ所・東京。

遂にここにも金属飛行体が飛来し、スペースモスを放出し始めた。

しかし政府は前もって急ピッチで都市機能、行政機能を各地に分散。被害を最小限にとどめるべく、市民を人口密集地から一時疎開させていた。

いま、大東京はほぼ無人の街と化している。

幹線道路を埋めているのは、自衛隊の車列、砲列ばかりだ。

現用兵器でスペースモスに抗しえないことは証明済みだが、頼みのＵＬＴＲＡＭＡＮはあいにく全員日本を離れている。

食い止められる見込みは薄い。

しかし、科学特捜隊は今なお健在であった。

指令室で緊張の一同を見下ろす井手が、時刻を確認し口を開いた。

「作戦、開始！」

第六話 暗界の超巨大獣

東京上空に約一万の金属体が飛来したのが午前十一時〇五分。程なくして金属体から無数のスペースモスが放出され、太陽光を完全に遮るまで三〇分と掛からなかった。

既に避難が終了した霞が関のオフィス街はまるで真夜中のような静けさだ。漆黒の闇に微かに聞こえるのは天空を覆うスペースモスが発する耳障りな羽音と、幹線道路に配備された自衛隊車列の微かなエンジン音だけ。

現在は午前十一時五五分。正午まで残り五分。各車輌の中の全ての曹士たちが科特隊との合同作戦開始の号令が掛かるのを固唾を飲んで待つ。

そして無人のビル街に正午を告げる時報が響くと同時——、

『作戦、開始!』

科特隊指令室の井手の号令が周囲にこだました。

無線が使えないため、街頭スピーカーからの音声だ。

ズドドドッ! 直後、天空に向けられた全車両の砲塔が一斉に火を吹く。87式自走高射機関砲が搭載するエリコン35ｍｍ高射機関砲の砲弾は時限信管付きの炸裂弾に換えてある。99式155ｍｍ自走榴弾砲の炸薬には高性能火薬スパイナーを採用。96式装輪装甲車から降車し配置に就いた普通科中隊も91式地対空誘導弾での射撃を開始した。

砲撃により燃え上がるスペースモス。狂い咲く炎の華の如く漆黒の闇を紅く照らす。

だが自衛隊の全火力による勇猛果敢な攻撃に対し敵もすかさず反撃を開始。金属体から損耗した数を超える大量のスペースモスが吐き出され、電磁パルスを発して電子機器にダメージを与える粘着性の鱗粉をまき散らしながら自衛隊の車輌に襲い掛かる。各国が航空戦力を投入できない最大の理由がこれだ。電装系はもとより、タービンやローター、動翼類に粘りついて固定翼機、回転翼機を問わず飛行不能にしてしまう。かろうじて装輪車、装軌車だけが防護策を講じることができた。しかし必死に砲撃を続けるも、億単位の数で攻めて来るスペースモスの殲滅は不可能だ。たちまち圧倒され、劣勢となる。わかっていたことだ。現用兵器ではスペースモスを一掃することなどできはしない。この攻撃の目的は、敵の先遣に痛手を与えて出鼻をくじき、本隊を引きずり出すことにある。

「よくやってくれた。後退信号を上げてくれ」

井手の指示を受け、各所にあらかじめ設置してあった発射筒から信号弾が打ち上げられる。前線の自衛隊は一斉に後退をはじめ、掩蔽壕に身を潜めた。

「作戦を第二フェーズに移す。〝クジラ〟を飛ばすぞ！」

井手が発した新たな号令が、ある場所に届く。


「よっしゃー！　いよいよワシらの出番や！」

そこは霞が関の地下四〇メートル。以前、地底人が操るメカテレスドン二世が侵略用に掘り抜いた地下空間だ。科特隊はそれを接収し、最前線拠点に転用すべく改装を進めていた。そのトンネル内に敷設されたレール上を巨大なパレットが進み、ターンテーブルを備えたエレベーターに載って上昇する。

黒々と鱗粉の降り積もる、無人の霞が関一丁目交差点周囲が円形に切り取られて上昇、側面に開口したハッチの奥に〝クジラ〟は姿を現した。全長六〇メートル、全幅五五メートルに及ぶ異形の飛行体。科特隊の擁する超先進技術実証試験母体機《スカイホエール》だ。操縦席にはその生みの親でもある科特隊の三賢者・堀井、中島、土井垣の姿がある。コンソールのディスプレイに井手の顔が投影された。これも超先進技術試験の一環、電波に依らない位相波通信システムを使っている。

『聞こえているかね？』

「感度良好、メリット5ってとこです」

『何としてもスペースモスの侵攻を食い止めねばならん。我々にとってここがZariba of Absolute Territory――すなわち絶対防衛ラインと心得てもらいたい』

「……任せて下さい」

「人んち土足で踏み荒らしよる礼儀知らずのド畜生に、目にもん見せたります！」

「慣性制御機関全開、急速離床！」

空力的にも構造的にも、到底飛べるとは思えない機体が、羽のように舞い上がった。

スペースモスが殺到するが、まるで反発する磁石のように、一定距離以上近づけない。

「効いとる効いとる！」

スカイホエールには、アメリカのジャックたちから供与されたスペースモスの分析データに基づき、数々の対抗装備を満載している。いずれも開発途上段階で仕様書もマニュアルも存在せず、自衛隊に貸与など到底不可能なトンデモ装備ばかりだ。操縦する三人も、本来はエンジニアであって搭乗員ではない。威勢の良い口ぶりとは裏腹に、こんなものに頼らなければならないほど状況は逼迫しているのだ。もう後がない。文字どおり背水の陣だった。

「まずは電気ショック作戦や！」

ペイロードベイが開いてテスラコイルがせり出し、放電を開始した。電撃がスペースモスの群れの中を逆り、神経を灼かれた個体が落下する。しかし射程が悲しいほど短い。

「トリモチ作戦！」

両端にウェイトを取り付けた粘着リボンを投射する。何頭かのスペースモスが餌食となったが目覚ましい成果とは言い難い。

「スプレー作戦！」

高濃度のアルコールに各種成分を配合した薬品を噴霧する。本来は抜け落ちた後に破裂するスペースモスの鱗粉表面のクチクラを溶かし、粘液に覆われた翅同士をくっつけてしまう効果がある薬液だ。たちまち密集したスペースモスが団子になって墜落した。有効だが物がアルコールだけに、迂闊に使用すれば大火災が発生する危険が大きい。

「ええい、大回転作戦や！」

「やっぱりやるの？」「あれはちょっと……」

隠しようもない躊躇の色が面上に浮かぶ中島と土井垣を、堀井が一喝する。

「根性入れえ！　シートベルト締めたか？　エチケット袋持ったか？　いくで！」

ホバリングするスカイホエールの可撓翼《かとうよく》がプロペラ状に捻じれ、かしいだ機体がその場で高速回転を始めた。そして主武装であるマルス133光線砲を四方八方に乱射する。シカゴでTAROが見せた技をヒントに立案された、機体と搭乗員に多大な負荷を強いる捨て身の戦術だ。周囲のスペースモスがみるみる撃墜され、黒雲にスカイホエールを中心とする円形の穴が開いた。射撃を続けるにつれ穴の半径も広がってゆく。八〇〇メートル、九〇〇メートル……。

「霞が関上空のスペースモス、四〇パーセント消失！」

「金属体からの増援、確認できません！」

科特隊指令室に歓声が上がった。

スカイホエールが回転を止め、機体の水平を取り戻す。

「ど……どや、やったやん？」

気息えんえん、蒼い顔でシートに身を沈める中島と土井垣は、相槌を打つ余力もない。

マルス133も砲身が過熱し、冷却を必要としていた。

暗黒の空に太陽光が微かに差し込みだす。


だがその時、マヤが報告した。

「ホテルニューカブラヤの地下に異常振動！　地震ではありません！」

スカイホエールの西方約二〇〇〇メートル。広大な日本庭園を敷地に収めた、我が国を代表する高級ホテルのひとつだ。その日本庭園が、緋鯉の回遊する池も流れる人工滝もそのままに真上へと盛り上がり、嘴を持つ巨大な顔が現れた。庭園の木々に、自衛官の無残な死骸が奇妙な図形を描いて突き刺さっている。儀式の痕跡。異界獣だ。

頭上の池と顔面の嘴を見て、堀井が呟く。

「カッパの親玉や……キングカッパーや」

それがそのまま異界獣の呼称となった。

キングカッパーは東へ、スカイホエールに向けて進撃していた。

思わぬ伏兵だ。機首を西に転じ、マルス133を撃つ。しかし出力は半減していた。

「カッスカスやんけ!」

「無理ですよ! 砲身の冷却が終わってません!」

「ほならコショウや! ネットや! バスケットや!」

焦りに焦って搭載武装を片端からぶつけるが、いずれも対スペースモス用を想定したものであり、巨大異界獣に対してはカエルならぬカッパの面《つら》に何とやらだ。

戦況を見守る井手たち。その時――、

「えっ!? うそ! ええっ!!」

指令室から現状にそぐわないマヤの素っ頓狂な悲鳴が聞こえた。

何が起きたのか。

執務室の井手が指令室を見る。コンソールの前でマヤが何かを見つめて茫然としている後ろ姿は確認できたが、何に対して驚いているかは把握できない。

普段のマヤは割と普通の女子――むしろ天然ボケなところもある。だがオペレート中は常に冷静沈着だ。よほどのことが起きたに違いない。

井手は執務室を飛び出すと指令室へと入り、ようやくマヤを驚かせたものを知る。

それは赤ん坊だった。

一歳くらいだろうか。白いケープのような衣装に包まれた赤ん坊がマヤのすぐ近くにいた。否――、浮かんでいた。

どういうことだ、これは⁉

マヤが思わず叫ぶのも無理はない。この状況はあまりに不可解で理不尽すぎる。だが不思議と恐怖は無かった。ついさっき異界獣が突如現れたのとは違う。目の前にいる赤ん坊からは邪悪な気配は一切感じない。むしろ感じるのは全く逆のイメージ。

――救世主。不意にその言葉が井手の頭に浮かぶ。

同じことをマヤを始め、その場にいる全員が感じているようだった。

閉じられていた赤ん坊の瞳が開き、井手を見つめる。

青と金色のオッドアイ。この瞳を前にも見たことがある。

「まさか……！」

井手が呻きにも近い声を出した時、

「スカイホエール、被弾！　墜落します！」

オペレーターの声にモニターを見ると、キングカッパーが発射した爪の直撃を受け、スカイホエールの巨大な機体が黒煙をあげながら落下しつつあった。ビル街に墜落する直前、搭乗する三人のベイルアウトと開傘を認めて井手は胸を撫で下ろす。

勝ち誇るキングカッパー。目障りな標的を撃破し、今度は地上に展開する自衛隊車輌群へと近づいていく。

既にスペースモスとの前哨戦で大半の車輌が弾薬を使い果たしていた。抗戦能力は無いに等しい。このままでは全滅を待つだけだ。

何とかしなければ。

だが今の科特隊にその力は無い。主戦力である進次郎たちは各国のスペースモスに対応すべく出払っており、誰一人として日本にはいないのだ。彼らを日本に呼び戻そうにも有効な通信手段は失われ、現地の状況も混乱の極みにある。現有戦力で作戦を実行するしか道は無かったのだが……。

甘かった。あまりにも大規模な敵の侵略行為に戦力を分散してしまった結果、この戦いに負ける。多くの命が犠牲となる。

……救世主！

絶望的状況に己の失策を呪う井手の脳裏に、再びその言葉が浮かんだ瞬間——、モニターに映る異界獣キングカッパーの動きが止まる。何かを見上げている。

刹那——、ズドン！　眩い光弾がキングカッパーを直撃した。

「……あれは！」

井手たちは見る。スペースモスが作り出す暗雲を斬り裂きながら高速で接近する青いULTRAMAN　SUITを。それは——、TIGAだ。

そうか！

井手は確信する。今は戸惑うマヤの腕に抱かれジッとこちらを見つめるオッドアイの赤ん坊。間違いない。この子は——

「ユ……ザ、レ」

走行中のラビットパンダの車内、不意にレネが呟く。

「見えた。今まで彼女が見て来た全てのビジョンが」

「え？　なに？」

レネのすぐ脇の席に座る次郎が思わず聞き返す。

「彼女のビジョンて――」

「ジロー！　やっとわかった！　どうして私にこの力が授けられたのか！」

興奮するレネをジャックも怪訝に見つめる。

「どうした、いきなり。また何か視えたのか？」

レネは考えを整理するかのように一度黙り込むと、言葉を選びながら静かに語り出す。

「私の見て来たビジョン。これから起こる光景は全てユザレから送られたものだった。あの日、私の心はユザレと繋がったんだよ」

「ユザレって、誰？」

次郎も静かにレネに問いかける。彼女は今とても重要なことを伝えようとしているると感じたからだ。

「この世界とは異なる世界からユザレは来た。ダイゴという名の戦士と一緒に」

「ダイゴ……」

すぐにジャックが反応する。

「上海に出現した黒いピラミッド事件のファイルにその名前を見た。確か……」

「ダイゴはティガと呼ばれ、科特隊と共に巨大な闇の化身、ガタノゾーアを封印した。その時、ユザレは力を使い果たしてしまった。命こそ助かったけど○歳児まで退行してしまい自分の見るビジョンを伝えることが出来なくなってしまった。だから……その力を私たちに託したんだ」

「……私たち？」

　思わず次郎が口をはさむ。

「そのユザレの力を託された人間がレネの他にもいるってこと？」

「うん。今はその人達とも心が繋がったのを感じる。彼らもユザレが消えたあの日、同じようにビジョンを視るようになった」

「……なるほどな」

　今度はジャックが口をはさむ。

「上海が消滅してから世界各地、特に中国、アメリカ、イタリア、ドイツ、そして日本に特殊な力、つまり予知能力を持つ人間たちが現れた。確か……」

「デュナミスト」

　次郎もその呼称は聞いたことがあった。

「そう。彼らは既に行動を開始している。これから起きることを伝えるために」

「伝える？　誰に？」

まるで頭に浮かぶビジョンを——彼らとの絆を確かめるように精神を集中し、そして言った。

「この世界を滅亡から救うために必要な……八人の人間たちに」


同時刻、ミュンヘン。

スペースモスによって闇に包まれた街で待機する進次郎と北斗の元に一人の男が現れた。彼はフリーカメラマンで今まで世界各地の紛争地帯を渡り歩き、戦場の現実をカメラに収め、それを人々に伝えて来た。

「だが今はこの世界の全てが戦場となってしまった」

姫矢准と名乗った男はスペースモスに覆われた空を見上げ、言う。

「俺は頭に浮かぶビジョンに導かれ、この街に来た」

今は閉鎖され廃墟となったバレエスクールを姫矢は訪れ、写真を撮った。その場所ではガタノゾーア事件の前に凄惨な血の儀式が行われた。校長と数人の教師が悪魔崇拝者であり、十三人もの生徒を生贄として殺害したのだ。ファインダー越しに姫矢は今もその場所に留まる邪悪なエネルギーを確かに感じた。そしてそれは多くの人々へと拡散された。

　事件を知った人々の心に、恐怖という形で。

「ガタノゾーアが消え去ったあとも、儀式の行われた五カ所の国には今も大量の穢れた淀みが残された。それを集め、再びこの世界に絶望と破滅をもたらそうとしているモノがいる。この暗闇の向こうに」


　進次郎と北斗の前に姫矢が現れたように、やはり連続殺人による闇の儀式が行われた場所——中国福建省にいる諸星の前にはユタ花村と言う名の占い師の女性が、そしてイタリア・トリノの早田の前にはフクシン・サブローという名の少年が現れ、ユザレから受け取ったビジョンを、これから世界に起きる恐ろしい事態を伝えた。


「ダイゴはん！」

　命からがらスカイホエールから脱出した堀井たちが、地上に降りたＴＩＧＡに駆け寄る。

「帰って来てくれたんスね！」「地獄に仏とはこのことですよ！」

それには答えず、TIGAは単刀直入に尋ね返した。

「どうなってる、進次郎や諸星はなぜいない？」

「知らないんですか？」「みんな海外です、中国やらヨーロッパやら」

「先生、無人島にでも籠ってはったんちゃいます？」

堀井は科特隊内でTIGA　SUITの管理・解析を担当するチーム《GUTS》の一員でもある。しかしダイゴが去ってからは有名無実化しており、SUITの消息も掴めてはいなかった。

「まあ、そんなところだ」

ダイゴはダイゴで、東南アジアでユザレと再会してから、人目を避けて山中にささやかな庵を結び仙人さながらの隠遁生活を送ってきた。世事にはとんと疎い。異邦人である自分が、この世界に深く干渉すべきではないという思いもあった。しかし異界獣が関わっているとなれば事情が変わる。

「……まだ俺の使命は終わっていないらしい」

視線を転じれば、怒り狂うキングカッパーが頭から水しぶきを散らして突進してくる。

「隠れていろ」

三人を下がらせ、脚部のスラスターを吹かして上昇する。頭上から光弾を見舞うが、分厚い甲羅を持つ背中を向けて全部弾いてしまう。逆に両腕の爪を発射し、また嘴から得体の知れないガスを噴射して反撃してきた。手ごわい。しかし上を向いたことで、頭上の池から大量の水が足元に零れ落ちた。すると、キングカッパーは慌てたように桜田濠に飛び込んで、濠水をすくっては頭に浴びせている。そして再び爪とガスを発射してきた。

「そういうことか」

ＴＩＧＡは右腕を構え、界面の熱を奪う特殊素子――フリーザーグレーンを放った。キングカッパー頭上の池が凍結し、ガスの供給源が断たれる。さらにキングカッパーが足を突っ込んでいる濠の水面にもグレーンを浴びせて凍り付かせた。水を補給しようと凍った水面をしきりに叩くが無駄なことだ。おまけに足を氷に縛られては移動もできない。

キングカッパーの正面に回り込んだＴＩＧＡは、空中でスカイタイプから三色のマルチタイプにチェンジする。そして右腕のゼペリオンスピアを長く伸ばし、キングカッパーの頭頂から股間までを一気呵成に斬り裂いた。

着地し、刃を収めたＴＩＧＡの背後で、正中線から唐竹割となったキングカッパーの巨体が左右に倒れ始める。倒れきる前に、骸は悪臭を発する黒い泡の塊となって蒸散した。

電光石火の殲滅劇に、堀井たちは手を取り合って喜び合い、称え合った。

「あとはあれか……厄介だな」

ＴＩＧＡが空を振り仰ぐ。スペースモスの大群が織りなす絶望の暗雲は、いまだ天球の半ば以上を埋めている。彼単身で、どこまで抗えるか。

スペースモスは、スカイホエールが開けた穴を塞ぎにかかるものと思われたが、いっこうにその様子がない。空に開いた穴の上空には、あの金属飛行体群が浮かんでいる。そこに、変化が起こった。

ヴウウウウン！　臓腑を抉るような重低音と共に、周囲のビルのガラスが砕け散った。そして金属体群が雲集し、結合し始める。どういう構造なのか、継ぎ目も何もない表面が割れ、回転し、シャフトが伸び、アームが噛み合って複雑な構造体を形作っていく。

同時刻、世界中に散在する金属体も動き始めていた。突如弾かれたように一方へ飛び去ったのだ。スペースモスの黒雲の下で不安に怯えていた人々は、そのとき一様に遠雷の音を聞いた。飛び去った金属体群が音速の壁を突破した際に発生する衝撃波だ。

無数の金属体が超音速で目指した方角を示す直線は、正確に地球上のただ一点で交差していた。

「日本よ！」

藪から棒にレネが言う。

「日本に向かって！　今すぐ！」

次郎とジャックは目を白黒させるばかりだ。

「今すぐったって、俺たちにもアメリカを守る義務がある。持ち場を離れるわけには――」

「そんな悠長なこと言ってる場合じゃないのよ！」

ジャックに噛みつかんばかりのレネの肩を、次郎が引き戻す。

「落ち着いてくれレネ、いったい日本に何があるっていうんだ⁉」

レネは次郎とジャックを交互に見つめ、告げた。

「滅亡の闇。それが……もうじき現れる」


東京の空は、スペースモスの黒い雲に代わる赤銅色《あかがねいろ》の雲に覆われていた。世界中から集結した金属体の総数、約五万。それが結合し、協調し、融合してまったく別の何かを形作りつつあった。

怪獣。いや異界獣。それも身長二〇〇メートルに達する超合体異界獣だった。

見上げる堀井が呆然と口を開く。

「河童の親玉がキングカッパーなら……アイツは親玉の中の親玉、グランドキングや」

合体が完了したようだ。最後のピースが嵌め込まれ、頭部の一つ目が点灯。いま初めて重力の存在を認識したかのように、グランドキングは巨大な両足を地に付けた。凄まじい重量に、地面ががくんと沈みこむ。地下街を踏み抜いたのだろう。

ヴウウウウン……。グランドキングの内部からまたあの重低音が聞こえ、真っ赤な一つ目から発射された光条が宙を薙ぐ。それだけでビルがひとつ消し飛んだ。

こんなものの直撃を受ければ、ＵＬＴＲＡＭＡＮ　ＳＵＩＴといえどひとたまりもない。

「……厄介だな」

仮面の下で、ダイゴは誰に言うともなく独言すると、炎上する街を背にこちらを睥睨するグランドキングへ向かって地を蹴った。

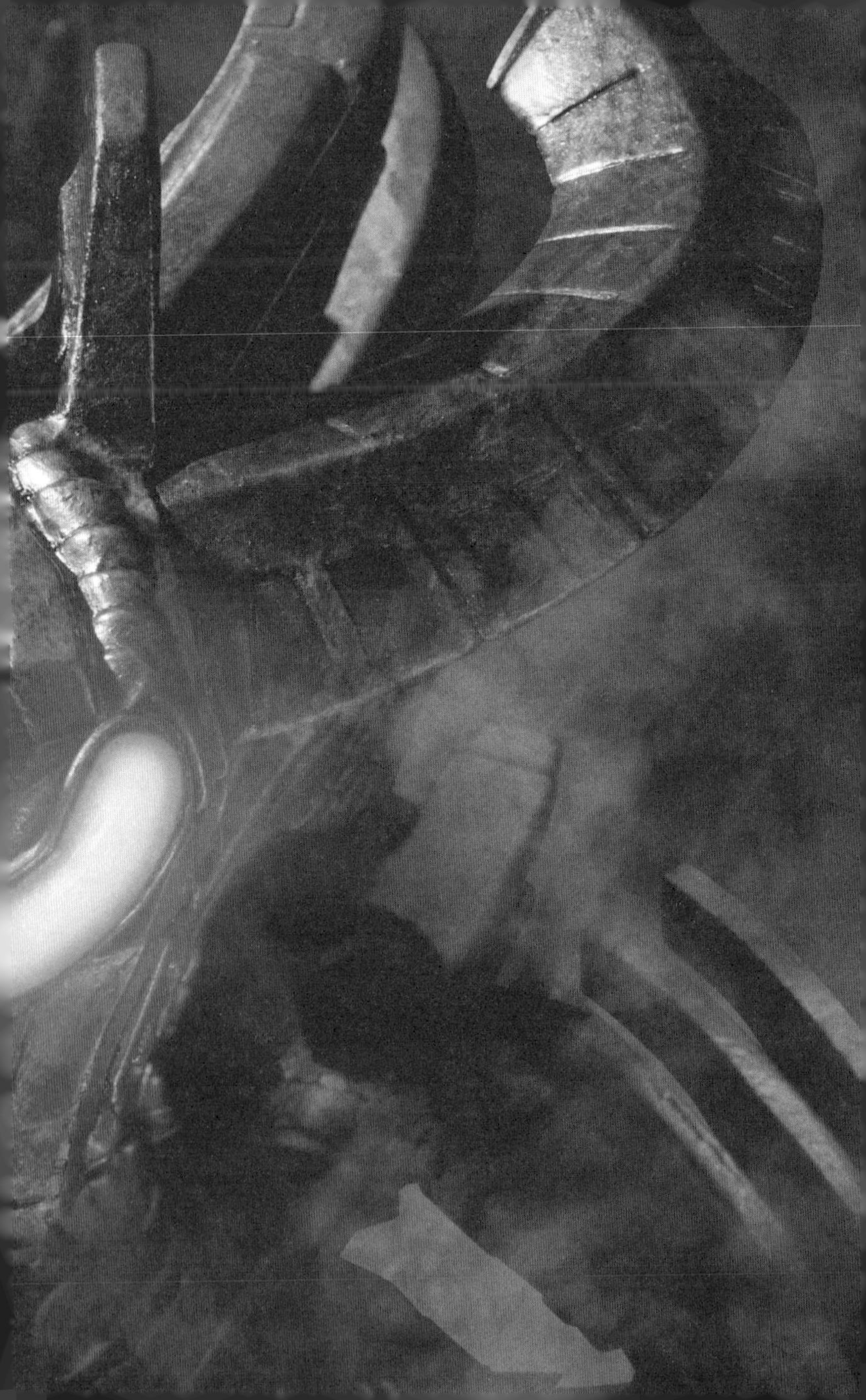

「何て大きさ……何て破壊力だ……！」

井手はモニターに映し出される超巨大異界獣グランドキングの威容を、その赤い単眼から放たれた光線に一瞬で崩壊した高層ビルを見つめ、戦慄する。

「これが……敵の切り札……新たな闇の支配者なのか」

井手の脳裏には上海に出現した異界の邪神、ガタノゾーアの禍々しい姿が思い返されていた。数多の異界獣を支配し、世界を滅亡の暗黒に包むもの。人々の心を恐怖で塗り潰すもの。初めてその異形を目の当たりにした時の感覚が確かに蘇っていた。

やはりこれが敵の狙いだったのだ。人々から恐怖のエネルギーを集めた目的はガタノゾーアに匹敵する破壊神を創り出すこと。こうして再び我々に悪夢と絶望を与えること。

救世主……ユザレ……。

思わず井手は救いを求めるかのように背後を振り向く。だがマヤの腕に抱かれる赤ん坊の青と金色のオッドアイは真っすぐモニターに注がれ、その表情から何も感情を読み取ることは出来なかった。

井手も再びモニターに視線を戻す。

現地に留まっている自衛隊曹士が有線カメラで撮影している映像だ。スカイホエールから脱出した堀井、中島、土井垣を救助してくれたのも彼らである。

カメラは、果敢にグランドキングへ挑みかかるTIGAの姿を追っていた。

グランドキングとの身長差は一〇〇倍以上。象にたかる蟻にも等しいが、今は蟻の一穴が千丈の堤を崩す可能性に賭けるしかない。


グランドキングの行く手に、ひとつの建造物が見える。人の恐怖を収穫する者が無人の街で目指す場所。動けない人々が集まっている施設。ダイゴは直感した。

「病院か！」

TIGAはゼペリオンスピアの出力を上げ、グランドキングの足を、喉を、単眼を貫き、斬り裂いた。しかし致命傷にはほど遠い。わずかに歩みを緩めさせるのがやっとだ。

ずっとダイゴは感じていた。あの時と同じ醜悪な感触。予兆を。それはスペースモスの大群によって漆黒に塗り潰された空を見た時、確信となった。

ダイゴが生まれ育ったあの世界を蹂躙し、滅ぼした、あの闇の邪神が再び現れると。

グランドキングの攻撃を躱しながら持てる力のすべてで反撃するＴＩＧＡ――

ダイゴの脳裏には懐かしい笑顔が浮かぶ。

ソルカ。ダヤ。二人はダイゴと同じ地球星警備団の隊員だった。どんな危険な任務でも力を合わせ解決した。心の底から互いを信頼していた。つらいことや悲しいことがあれば遠慮なく相談し合える、そんな仲間だった。親友だった。

カミーラ。彼女もそうだ。共に世界の平和を守り、共に戦い、いつしか愛し合うようになっていた。だけど……。

一人の男の狂気が異世界と繋がる扉を開いたことで、全ては変わってしまった。

扉からはおびただしい数の異形の怪物が現れ、人々を襲い、喰らった。

阿鼻叫喚の地獄絵図。平和だった世界は一瞬で崩壊し、人々の悲鳴で満たされた。

大殺戮の中、怪物と化した人間もいた。カミーラもその一人だった。彼女は異界の力に魅入られ、心を闇に飲まれた。

ダイゴとカミーラ。愛し合っていた二人が殺し合い、世界を救う最後の希望だったユザレを守る戦いの中でソルカとダヤは死んだ。そして世界は――ダイゴの故郷は滅亡した。

その喪失感、哀しみ、怒りは、今もダイゴの胸にある。心に強く焼き付き、決して消えることは無い。

だから守りたい。この世界を。

ダイゴの脳裏に、ソルカ、ダヤ、カミーラの他にも幾つもの笑顔が浮かぶ。

諸星弾。北斗星司。そして早田進次郎。

EVIL TIGAとカミーラたちによって再び闇の扉が開かれた時、共に死力を尽くして戦った、新しい仲間たちだ。

彼らは今どこにいるのだろう。出来ればもう一度、共に力を合わせて戦いたかった。この世界を一緒に――

ガンッ！　激しい衝撃にダイゴの思考が途切れる。グランドキングの巨大な鋼鉄の鋏に弾き飛ばされたのだ。高層ビルの壁面に激突し、意識が揺らいだ時、不意に声が響く。

〝諦めるな〟

ユザレか。――いや、違う。この声は……

〝俺もお前と同じだ。多くの仲間を殺され、大切な故郷を奪われた〟

誰かがダイゴの頭に再び語り掛ける。

〝そしてこの世界で出会った。新しい仲間に。掛け替えのない、友に〟

「……誰だ？」

ダイゴが声の主に問いかけると同時、前方の闇から大柄な人影が現れる。SEVEN SUIT……、いや、似ているが違う。初めて出会うULTRAMAN SUITだ。

〝ゼロ。俺はウルトラマンゼロだ〟

そう名乗るや7ZEROは大きく跳躍し、グランドキングに向けて二本のスラッガーを放った。


「ゼロだと⁉　薩摩君がアメリカから戻ったのか？」

驚いた井手が、オペレーターを見やる。

「いえ、スーツは無人です。ゼロが自分で転送装置を操作した模様！」

「あ……」

ユザレを抱くマヤが声を上げた。

「笑ったんです。この子が、二人を見て……」
そんなことか、と言いかけて井手は口をつぐむ。ユザレはただの乳児ではない。
その精神は、長い時を生きてきた光の巫女のそれだ。
ユザレはモニターに映るTIGAとZEROを凝視していた。
「……感じたんじゃないでしょうか。異邦人同士、同じ思いでここに立っている
ことを。あの二人の心が、通じ合ったことを」
二人と同じ異邦人であるマヤには、わかるのかもしれない。

象にたかる蟻が二匹になったところで、何が変わるというのか。
そう言わんばかりに、グランドキングは前進を続ける。
病院に近づけるわけにはいかない。TIGAとZEROは連携してグランドキ
ングの機先を制し、死角に割り込んでスピアを、ランスを抉り込む。だが同じだ。
わずかに足を鈍らせるだけで、進路を変えるには至らない。TIGAの消耗は激
しく、ZEROも次郎を欠いているため本領を発揮できずにいる。
戦力差は歴然だった。しかし――
〝どんな状況でも最後まで諦めない〟

ＴＩＧＡと共に戦うＺＥＲＯの脳裏に、ある光景が浮かぶ。

倒壊する作業用大型クレーン。そのジブの上を全力で走る若者が大きくジャンプする。命知らずの無謀な行動。それは仲間たちの命を救うためだった。なんという勇気だ。それだけでは無い。レギオノイドの大群に襲撃され、戦火の中にひとり逃げ遅れた女性を救おうと若者は最後の最後まで諦めなかった。命を賭けて守り抜こうとした。その姿を見た時、ＺＥＲＯは決断した。この人間と共に戦おうと。薩摩次郎と共に。

だが最初から意思の疎通ができたわけではない。ＳＵＩＴのチュートリアルシステムを通しての対話はひどく限定的なものだったし、何よりその時のＺＥＲＯは次郎以外の人間との対話を拒否していた。特にＺＥＲＯに対してあからさまな敵意を向ける、あの男とは。

諸星弾。絶対に分かり合えることは無いと思っていた。だがＺＥＲＯはまだ知らなかったのだ。諸星の中にもＺＥＲＯと同じ感情が押し込められ、暗い炎のように常に燃えていたことを。

——復讐心。故郷を侵略者に滅ぼされ、親代わりに育ててくれた師匠を目の前で殺されたＺＥＲＯに残された唯一の感情。最初は次郎も復讐を果たすための道具だったかもしれない。だが共に戦ううちに、次郎のＺＥＲＯに対する気遣いを知るうちに、忘れかけていた感情――戦う為に一番大切なものを取り戻すことができたのだ。そしてあの時。氷の惑星でエネルギーを使い果たし、マイナス二四〇度の極寒の中で次郎と共に死を覚悟したあの時。諸星が――

ズドオオオン！　グランドキングの放つ光線がすぐ間近に炸裂した。飲まれ吹き飛ぶＺＥＲＯ。地面に叩きつけられ、激しい衝撃に体が動かない。

〝まだだ……最後まで諦めない〟

何とか立ち上がろうとするＺＥＲＯの視界に、やはりボロボロになりながら身を起こすＴＩＧＡの姿が見える。ダイゴは生身の人間だ。気持ちは折れずとも肉体は限界に近い。

「ギリギリセーフか」

不意に聞き覚えのある声がＺＥＲＯの音響センサーに届く。

「だが随分と派手にやられたものだ」

もしＺＥＲＯに表情があれば微笑んでいたに違いない。

闇の中にいつしか着陸したサブビートルの機体を背に、ＳＥＶＥＮが歩いて来る。

「諸星さんです！」

福建省の護りに就いたまま連絡の取れなくなっていた諸星の帰還に、指令室が湧く。

ねぎらいの言葉のひとつも掛けてやりたい井手だったが、通信手段がない。

それでも彼は、何らかの方法でこの国の危機を知り、帰ってきてくれた。

ならば進次郎や早田にも、それは伝わっているかもしれない。希望が出てきた。


「久しぶりだな。ダイゴ」

「ああ」

SEVENが差し出す手を握りTIGAが立ち上がる。以前は見られなかった光景だ。

ZEROもそうだったが、ダイゴと諸星は互いを敵視し、結局最後まで心通わせることは無かった。――いや、気づかなかっただけで二人はとっくに互いを認め合っていた。

「少し休め。まだ倒れてもらっては困る」

ＴＩＧＡが小さく頷くのを確認し、ＳＥＶＥＮは離れてカメラを向けている自衛隊曹士へハンドサインを送った。

指令室は即座にその意味を読み取り、井手の承認を経て転送制御室へ伝達する。転送ビームが迸り、十数挺のワイドショット、ＥＸライフル、スペシウムソードがＳＥＶＥＮの傍らの地面に突き刺さった。

「押し返す。僕に続け」

ＳＥＶＥＮと共にＺＥＲＯも武装を手に取り、アクティベートした。

光条が閃き、弾丸が弾け、斬撃が飛び交う。

撃ち尽くす端からパージし次の一挺に手を伸ばす。

猛烈なラッシュ。さしものグランドキングも、完全に歩みを止めたかに見えた。

だがグランドキングは、やおら長大な尾を持ち上げ、先端に備わる二本のロッドの先から直径六〇センチはあるプラズマ光弾を四方八方に乱射し始めた。

「まずい！」

病院だけは死守しようと、ショットを放って光弾の軌道を逸らす。攻撃どころではなくなった。

「上です！　上から何かが！」

指令室のマヤが叫んだ。胸に抱くユザレが、上を指して何事かを訴えている。

観測警戒衛星とのリンクが失われていなければ、モニターには闇空を斬り裂き地上に向け猛スピードで降下する巨大な影が映し出されていたことだろう。程なく影は、暗雲を突き破って東京都心に降り立った。

「……まさか！」

それは蛾のような翼をもつ異形の怪獣だった。敵が送り込んだ追加の戦力か。グランドキングに全く歯が立たないこの状況で新たな怪獣と戦う力などあるはずが無い。

「徹底的に叩き潰す気か……」

呻くように井手が呟く。冷酷無比な敵のやり口に激しい恐怖と怒りがこみ上げた時、全く予想だにしなかった事態が起きる。

飛来した怪獣がグランドキングに襲い掛ったのだ。

「怪獣が……どうして……」

「あれはムルロアだ」

思わず発したマヤの疑問にエドが答えた。

いつからそこにいたのか。相変わらず神出鬼没、行動がまったく読めない。

エドは続ける。

「正確にはムルロア星に生息する宇宙生物。だが私の知る限りあれほど大型のものは存在しない」

ムルロアは、口吻から強烈な酸を噴射しグランドキングを攻撃する。その周囲を、スペースモスが加勢するように飛び交っている。エドによれば、スペースモスはムルロアの幼体らしい。グランドキングを構成する金属体の支配よりも、同族に従い生存を図る本能の方が勝るのだろう。

「思わぬ援軍だな」

その様を見つめるSEVENが独りごつのと前後して、

〝感じる。激しい怒りを〟

「俺もだ。怒り……そして深い悲しみ」

ZEROとTIGAがほぼ同時に呟く。

「この感情を俺は知っている」

二人は、ムルロアの意識を感じ取っていた。

突如ムルロア星に現れるダークゴーネ率いる侵略部隊。

生息するムルロアが次々に殺戮され、スペースモスが金属体に回収される。

炸裂する大量破壊兵器。閃光と炎の中、生き残り巨大化したムルロアが、怒りと悲しみの咆哮を上げる。

〝同じだ。この怪獣も奪われたんだ〟

「仲間を……故郷を……」

そのビジョン――ムルロアの記憶を、世界各地にいるデュナミストたちも見ていた。姫矢准が、ユタ花村が、フクシン・サブローが、およそ千人もの人間たちが、ZEROとTIGAがシンクロしたビジョンをユザレの精神を通し、共有したのだ。そしてムルロアの怒りと悲しみを、ある者は涙し、ある者は歯噛みして、我がことのように感じていた。

怒りを込めて戦うムルロア。同調したスペースモスもグランドキングに殺到し、粘つく鱗粉をまき散らす。

だが超合体異界獣の猛威にはかなわない。ムルロアは無残に翼を焼かれ、腕を引きちぎられた末、ついに背中の神経中枢を叩き潰された。

息絶える寸前、ムルロアの脳裏には美しかった故郷が見えていた。大きな湖の畔には花々が咲き乱れ、まっ白い無数のスペースモスが飛び交う。暖かな光に包まれ、まどろむムルロア。その瞼が静かに閉じられ――光は消えた。


科特隊指令室に赤ん坊の泣き声が響いた。

ユザレが泣いていた。今までこれほど感情を露わにしたことは無かった。ムルロアの精神とシンクロし、地球星警備団団長でありながら世界の滅亡を止められなかった悔恨、守るべき人々への贖罪、ずっと胸の奥に抑え込んでいた様々な感情が堰を切ったように一気に溢れ出す。心は冷静に受け止めようとしていたが、未成熟な体には湧き上がる感情を止めることは出来なかった。そんなユザレをマヤが母親のように優しく抱きしめる。

モニターに絶命したムルロアの姿を見つめ、井手が呟く。

「あの怪獣も……犠牲者だったのか」

ダイゴの目からも涙が流れ落ちていた。ＺＥＲＯも泣くことが出来れば涙を流したに違いない。諸星は無言だ。だがダイゴとZEROの感情は伝わっていた。

東京じゅうのスペースモスが、まるで弔うようにムルロアの亡骸の上に集まり、降り積もった。

暗かった空が、晴れてゆく。

「倒すぞ」

SEVENは短く言うと再びソードを構える。TIGAとZEROも決然と顔を上げた。

回復は十分とは言えない。武装も底をついている。一方、病院への進撃を再開したグランドキングの消耗率は一割にも満たないだろう。勝算は薄い。

だがそれが何だ。

三人が攻撃体勢を取ったとき、通信機が反応した。

『……ちらMAT、アロー01航空小隊。着陸許可を請う』

『こちらファルコン。高度八〇〇で接近中、滑走路に空きはあるか』

その声は、科特隊指令室にも届いていた。

スペースモスが一掃され、通信が回復したのだ。

「機影照合、識別コード受信、間違いありません！」

東からは太平洋を横断して攻撃戦闘機ＭＡＴアロー三機が、西からはヨーロッパを飛び立った大型空中母艦ＴＡＣファルコンが、一路東京を目指していた。

指令室に歓声が上がる。


『どこで道草を食っていた。とっとと降りて来い』

いずれも現地のデュナミストの訴えを受けてスクランブル発進し、音速の五倍以上で地球を半周してきたのだが、諸星も承知の上での苦言だ。証拠に、声が笑っている。


着陸を待たず、三機のアローからはジャックと次郎、光太郎が、ファルコンからは進次郎、北斗、早田がダイブ、空中でＳＵＩＴを装着した。ＺＥＲＯも次郎とランデブーし、その身を包んで装着を完了、一同に続いて着地した。

ＪＡＣＫ、ＴＡＲＯ、ＭＡＮ、ＡＣＥ、ＺＯＦＦＹ。ＴＩＧＡとＺＥＲＯ、ＳＥＶＥＮを含め、ついに八人のＵＬＴＲＡＭＡＮがここに集結した。

初めて見る顔もあったが、挨拶もそこそこに八戦士は散開する。

空を飛べる進次郎がグランドキングの注意を引き、ＺＯＦＦＹが足元を崩す。

ＡＣＥが隣接するビルを切断し、ＪＡＣＫとＺＥＲＯが抱え上げて横っ面に投げつける。そこへＴＡＲＯの炎が追い打ちをかける。息もつかせぬパワー攻撃だ。

呆れるＴＩＧＡの前へ、吹っ飛ばされたＪＡＣＫが落下してきた。

「よう、あんたがダイゴ？　俺はジャック。こう見えても――」

「なるほど、パワーか」

ＴＩＧＡが額のクリスタルに触れる。ＳＵＩＴが変形し、ＪＡＣＫさながらのマッチョ体形に変化、体色も銀と赤に変わっていた。

「……ナイスバルク」

「あんたは右を頼む」

言うなりＴＩＧＡは、間近でのたうつグランドキングの尾の先端、二つに分かれたその左側を抱え込んだ。察したＪＡＣＫが右の先端に飛びつく。

「Ｈｏｏｏｏｙａａａａａｈ‼」

二人がかりで強引にスイングする。グランドキングの巨体が宙を舞い、東に聳える全高二三八メートルのタワービルに背中から叩きつけられた。

「胸を狙え！　ヤツはそこを中心に結合した！」

ＴＩＧＡはグランドキング出現の光景を思い返し、そう叫んだ。

「俺が行く！」

TAROが名乗りを上げた。

『光太郎君、これを使え！』

井手の声と共に、手の中に槍の穂先を繋げたような武装〈スペシウムランサー〉が転送された。グリップを握り締めると、エッジに青白い光が満ちる。

TAROは背中のダクトから火を噴いて、ビルにめり込みもがくグランドキングに肉薄、ランサーでその胸を真一文字に斬り裂いた。露出した内部に、渾身の炎を注入する。苦悶の叫びをあげるグランドキング。しかしまだ融解させるには至らない。

「下がれ、タロウ！」

JACKの声に振り向くと、空中に銀と赤のTIGAがいた。地上のJACKが組んだ両手を足場に投げ上げたのだ。腕にデラシウム励起されたゼペリオン光球を把持している。TAROが後退すると同時に、TIGAはそれを放った。さらに飛来した進次郎がスラッシュを投射。グランドキングの胸の中でゼペリオンとスペシウムが干渉し、大爆発を起こした。

ヴウウウウン……！　断末魔の重低音が響く。次の瞬間、グランドキングは瓦解、細切れの鉄屑と化して崩れ落ちた。

指令室に沈黙が満ちる。

――これで終わったのか？

「前線指揮所より緊急！」

モニターの一角に、グレースーツの壮年男性が映し出された。

井手がその名を呼ぶ。

「星野君、いや、星野防衛大臣」

星野勇。少年時より科特隊に出入りし、井手や早田とも親交の深い、叩き上げの現職防衛大臣である。彼の存在なくして、科特隊と自衛隊の共同作戦は実現し得なかった。

『時間がありません。彼女の話を聞いて頂きたい』

そう告げて星野が席を譲った女性は、レネだった。

誘導に従い日比谷公園に着陸したアローを降りた彼女が、サウス、ヒルと共に自衛隊と合流、前線指揮所に案内され星野と握手を交わしたのはほんの数分前だ。

『私はレネ・アンダーソン。そこにいるのね、ユザレ』

マヤの抱きかかえるユザレが、目顔で肯定する。

『私がユザレの言葉を伝えるわ』

レネの頬には涙の痕があった。彼女も見たのだ。ムルロアの記憶を。

「ジャック君から君の力に関しては聞いている。よろしく頼む」

井手の言葉にレネは頷くと、ユザレの瞳をじっと見つめ、口を開いた。

『――彼らが今倒したのは敵の先兵に過ぎない』

室内がざわめく。あれだけ強大な破壊力を持ち、八戦士の総力で何とか倒したグランドキングが、ただの先兵とは。

そこへ、突然の警報が割り込んだ。インカムを耳に押し当てたオペレーターが、呆然自失の体で報告する。

「上海の時空歪曲点が……消失したそうです」

「何だって!?」

モニターに新たなウインドウが開き、ダイブハンガーからのライブ映像が映し出される。

時空歪曲点を封印するグランドームの内部は、空っぽだった。

「一体、何が……?」

一同の疑問を代弁する井手の呟きに、レネが答えた。

『現れる。本当の、滅びの闇が……！』


「見て下さい！」

進次郎が南を指さした。東京タワーの先端が、激しいコロナ放電を起こしている。檣頭電光、俗にいうセントエルモの火だ。原因は、その上空にあった。

上海から消えた時空歪曲点が浮かんでいる。そしてその中から、異形のシステム〈レーテ〉と、ダークゴーネが姿を現した。

「感謝します。必要な恐怖は全てレーテに満たされました。ついに完成です。この世界を滅ぼす究極の闇の鎧〈ダークザギ〉が‼」

ドクン。レーテが大きく胎動する。

八戦士と全ての人々が見つめる中、まるで幼虫から蝶が孵化するが如く、暗黒のＳＵＩＴ――、ＤＡＲＫ ＺＡＧＩが誕生した！

第八話 時と生と死を覆う絶望の闇

ULTRAMAN SUIT ANOTHER UNIVERSE 8U編

「では早速、確かめてみましょう」

レーテから生み出された暗黒の鎧DARK ZAGIをダークゴーネが装着する。刹那、
おおおおおおおおおおんん!

起動音か、あるいは雄叫びか。不気味な音が響くと暗闇にDARK ZAGIの双眸に真っ赤な光が灯る。

「素晴らしい。予想通り、いや、予想を超えるパワーを感じる。今まで体感したことの無いパワーを」

八人の戦士はDARK ZAGIを地上から見つめる。

誰も動かない。迂闊には手を出せない。

目の前に現れた新たな敵は、さっき八人が力を合わせ倒した超巨大なグランドキングに比して明らかなスケールダウンであり、すぐさま攻撃を仕掛けてもいいレベルだ。

だが躊躇した。その外見とは釣り合わない強烈な威圧感、得体のしれない何かをその漆黒のSUITは放っていた。

「やっちゃいましょうよ」しびれを切らしたか、こうして動けない自分に苛立ったのか、北斗が言った。「潰せますよ。僕たちなら絶対」

今にも飛び出しそうな北斗――ACEの肩を無言でダイゴ――TIGAが制す。

ダイゴにはDARK ZAGIから放たれる異様なオーラの正体がわかっていた。

過去にさんざん感じた、吐き気がするほどのおぞましい空気感、間違いない、かつてダイゴたちの世界を滅ぼした、あの――

おおおおおおおおおおおおおおおおお！

またも獣のごとき叫びをあげ、DARK ZAGIが先に動いた。上空から高速で八人の戦士に襲い掛る。

応戦する八戦士。最初こそDARK ZAGIの奇襲に連携を乱したが、すぐに冷静さを取り戻すと、互いの特性を活かした戦闘スタイルでDARK ZAGIを圧し返す。

更に包囲し、八方からの連続攻撃を浴びせかけた。

「いけるぞ」

科特隊の井手もモニターに映る戦況を見て、拳を握り締める。

予想もしなかった時空歪曲点の上海から東京への転移に驚愕し、そこから現れた得体の知れないマシーン、更にその中から孵化した漆黒のＳＵＩＴに得体の知れぬ脅威を感じたが、それは杞憂だったかもしれない。

「よし。そのまま一気に」

指令室に赤ん坊のむずかる声がする。オペレーター席のマヤに抱かれるユザレだ。

言葉は分からずとも何かを伝えようとしているのは明らかだ。

「レネさん。ユザレは何を？」

マヤはモニターの隅に映る前線指揮所のレネに問いかける。

『時が、闇に飲まれる。って』

「時が闇に、飲まれる……」レネの言葉をマヤが反芻した時だった。

「戦闘エリアに局地的な重力変動！」

オペレーターの声と共にモニターが乱れ、崩れかけていたビルが崩壊し、履帯が破断して放置されていた73式装甲車がぺしゃんこに潰れる。

「重力変動……あの黒いスーツの仕業か！」

井手の脳裏に過去の記憶が閃く。かつてEVIL TIGAやカミーラが異界の扉を開く儀式の際に起きた現象。それが何故……。

戦闘中の八戦士も重力変動の影響を受け、動きが鈍る。だが戦えないほどではない。過去の収集したデータから重力変動に対応し負荷を分散、平衡を維持するUGMシステムが各スーツに実装されている。だが、

「な、何が起きた！」

驚愕する井手の声が指令室に響いた。


「何が起きたんだ、今!?」

戦場にいる進次郎からも同じ言葉が漏れる。

今の今まで優勢に戦いを進めていた。もう一息で決着だ。そういう状況だった。

だが事態が急変した。重力変動が発生した直後、突如、北斗が、ジャックが、光太郎が、次々に目の前から消えた。

いや、消えたわけではない。眼下に彼らはいた。瓦礫の上に倒れている。しかも三人のＳＵＩＴはついさっきまでとは違い、激しい損傷を受けている。まるで何分間も一方的に攻撃を受けたかのように。

「気をつけろ。進次郎。奴は我々の想像を超えた……」

そこまで言うと突如、真横にいた早田――ＺＯＦＦＹが消えた。

「父さん！」

「……こんなのアリかよ……ふざけやがって……」

ＳＵＩＴに激しいダメージを受け、瓦礫の上に倒れる北斗が呟く。

「あのクソ野郎が……」

北斗の脳裏に数分前の、実際は数秒も無かったかもしれない、その時の状況が思い返される。

北斗は進次郎たち七人と一緒にＤＡＲＫ ＺＡＧＩを圧倒していた。

「やっぱ大したことないじゃん」

勝利を確信した北斗が次の瞬間、違和感を覚える。動かない。体が突然、全く動かなくなった。「……なに、これ……」周囲には七人の戦士たちが完全に静止していた。まるで時間が止まったかのように。

「その通りですよ」

いつの間にかすぐ目の前にZAGIの顔があった。

「私が時間を止めました。正確には私とお前だけが時間の流れから外れたのです」

「言ってる意味が……うあっ！」

ZAGIのパンチが動けぬACEに炸裂する。

「説明する気はありません。ただお前がこうしてじっくり私にいたぶられ、死ぬということだけは確かです」

「ふざける……うがっ！」

「威勢はいいし、負けん気も強い。相手を舐めた口ぶりも、弱い心を隠すためですね」

「何言ってる」

「この暗黒のスーツが私に見せてくれるのです。人間の怒り、憎しみ、そういった闇に近い感情を、ビジョンとして」

ダークゴーネ――ZAGIはACEを一方的に殴りながら語り出す。

「お前は飛行機事故で生き残り、命を救われた。その時一緒に乗り合わせた異星人の事が好きになった。夕子という少女を」

「やめろ！　勝手に人の頭を覗くな！」

「彼女の為にお前は人間と異星人が共に生きられる世界を造りたいと考えた。それに邪魔なものは排除する。だからウルトラマンになった」

「やめろって言ってるだろ！」

「まあ嫌いじゃないですよ。そういう歪んだ感じは。とはいえ稚拙すぎる。理想を形にするには力が必要です。でもあなたは弱い。虚勢をはったところで何一つ変えられない」

「黙れ！　うごっ！」

「時間の無駄でした。〇コンマ一秒以下の時間ですが」

ズドン！　ＺＡＧＩの放つ一撃にＡＣＥは地面に叩きつけられた。

「さて、お次は」

ＺＡＧＩはＪＡＣＫの目の前に現れ、一撃を入れる。

「どうも。マッチョマン」

「……何が起きてるかよくわからないが、顔がちけー。息がくせーぞ」

「そうやって相手を挑発して隠してきたのですね。激しい憎しみを」

ＺＡＧＩが動りぬＪＡＣＫの巨躯を連打しながら、

「さっきの坊やと違い、徹底的に憎んでいますね、異星人を」

「昔の話だ。今けもう……うがっ！」

「そう。お前は乗り越えました。自分を親代わりに育ててくれた人間を、心から愛した女性を虫けらみたいに殺した異星人を執念で見つけ出し、復讐を果たした。でも満足できなかった。むしろ虚しかった。所詮その程度です。そんな薄っぺらな感情で本当の強さは手に入りません。いずれ殺される。お前が守れなかった奴らと同じように」

「このおしゃべりが。そのくせー口を閉じろ！」

だがＪＡＣＫの腕は殴りかかることは出来ず、逆にへし折られた。

「うがあああああああ！」

「さすがのタフガイも堪えたようですね。さっきいずれ殺されると言いましたが訂正します。今すぐ死ね」

ＺＡＧＩの攻撃をまともに受けＪＡＣＫもＡＣＥと同じく大地に落下した。

『時間を操ってる』

モニターの中のレネが言う。

『あの黒いスーツ、ダークザギは異界の闇の力を使い、時間を自由に操作できる』

「時間を……！」

「厳密には、重力操作による固有時間軸の形成とエネルギーの選択的転移、その他諸々だ」

エドが解説するが余計にわからない。

「奴がピンポイントで重力を操作できるのは明らかだ。大きな重力のもとで時間の進行が遅延することは周知だが、その逆もまた然り。ヤツが時間進行の異なる固有時間軸に一人ずつ引きずり込み、攻撃しているのだと考えれば、目の前の結果とも合致する」

ダークゴーネが具える隣接空間への潜伏と移動、恐怖を収集する能力、そしてガタノゾーアに由来する異世界の膨大なエネルギーがあったればこその超常の業である。

「対抗する手段は？」

「君たち人類の文明水準は、いまだ重力を操作するレベルには至っていない。客観的に見て、打つ手なしと考えるのが妥当だろう」

相変わらず他人事のような口調だ。

「……君自身もそう思うのか？　我々に勝ち目はないと、諦めて絶望しろと？」

井手の問いに、エドは後ろ手を組んだまま答えない。


その後も光太郎が、早田が、諸星が、心に秘めた思いを、乗り越えて来た傷を、埋めがたい喪失感を、暴かれ、愚弄され、反撃できぬまま倒れていった。

「貴様は……必ず地獄に落とす。僕のこの手で」

「無理ですよ、お前には。おやすみなさい。諸星弾」

ＺＡＧＩの一撃に諸星――ＳＥＶＥＮも吹き飛ぶ。

「次はいよいよ」

進次郎――ＵＬＴＲＡＭＡＮの目前にＺＡＧＩが立つ。

「おや。お前は何も失っていないのですか。闇が薄い。いや、闇が見えない」

「あるよ。俺にだって闇は。でも……」

「危険です。人間を危険だと感じたのは初めてです」

ＺＡＧＩはＵＬＴＲＡＭＡＮを一方的に殴る。今までより更に強く、念入りに。

「けれども怖くはありません。お前には何も出来ない。私に指一本、触れることさえも」

ZAGIの攻撃がULTRAMANを吹き飛ばした。


〈聞こえますか、ダイゴ〉

〈ああ。聞こえてる。ユザレ〉

科特隊本部のユザレとダイゴが精神で会話する。

〈あの闇の力を封じるには光の力しかありません〉

〈そうだな。あの時のように〉

ダイゴの脳裏に過去に二度、ユザレがその力を使った場面が蘇る。一度目は自分たちの世界を滅ぼした闇の眷属とカミーラたちを封印した時、二度目は上海でガタノゾーアを進次郎の力と共に封印した時。だがそのたびにユザレは力を使い果たし、今は〇歳の赤ん坊に退行してしまった。もうあの光の力は使えない。

〈何とか……光が集めることが出来れば……〉

〈光を、集める?〉

〈出来るはずです。この世界の人間にはまだ、希望が残っているのですから〉

だがその会話の直後、TIGAもまたZAGIにより、失った二人の親友、ほろぼされた世界の記憶を愚弄され、嘲られ、無抵抗のまま、倒れた。

「残るのは、あの者だけ」

ZAGIはZEROの目の前に現れる。

「ん？　あと一人で終わりだと思いましたが、二人ですか」

ダークゴーネ――ZAGIはZERO SUITに次郎とゼロの意識を感じ取る。二人の記憶も。

「そうでした。お前のお陰で我々は知ることができたのです。お前が我々の滅ぼした星からただ一人生き延び、時空歪曲点を通ってこの世界に逃げたお陰で」

「何を……知ることが出来たと言うんだ？」

一方的に攻撃を受けながらZEROが聞く。

「こうして私が手に入れた力――異界の闇の力をです」

更に激しい攻撃が動けぬZEROを襲う。

「感謝してますよ。ゼロ。お前には。正確にはついさっき倒したティガも含めてですが」

「そういうことか……」

次郎は理解する。過去の科特隊のデータで知っていた。マヤに教えて貰った。ダイゴとユザレという異界の人間がこの世界を救う為、やって来たことを。ダイゴの世界を滅ぼしたのが上海を破壊したガタノゾーアだということを。異界から訪れた暗黒の邪神。闇の力とはその事だ。

「我々は退屈していたのです。ゼロ。お前の星を滅ぼしたあたりから」

「退屈……だと」

「我々は数えきれない星を侵略し、その文明を滅ぼし、支配しました。圧倒的な戦力であまりにも呆気なく。もうこの宇宙には、これ以上に我々の戦闘欲、支配欲、破壊欲を刺激するものなど無いと思っていました。ところが、違った。お前たちが教えてくれたのですよ。究極の恐怖と絶望をもたらす闇の存在を」

「やっぱり……うあっ！」

自分の考えた通りだった。そう次郎が思った瞬間、ＺＡＧＩの一撃を受けた。

「感謝してます。これからそのお礼をしましょう」

大地に倒れるＺＥＲＯに、次郎に勝ち誇るダークゴーネ――ＺＡＧＩの声が降り注ぐ。

「さあ、受け取ってください。極上の恐怖と絶望を」

「重力変動、さらに増大！」

「時空歪曲点を中心に、グラフが反転してゆきます！」

科特隊指令室にオペレーターたちの緊迫した声が響く。

「どこかの時空と……繋がろうとしているのか!?」

慄然と呟く井手たちが見つめる中、それは現れた。

東京タワー上空に浮かぶ時空歪曲点が活性化。そこから数百、数千というおびただしい数のゾイガーが飛び出し、今まで空を覆っていたスペースモスを一気に食い荒らしていく。あたかもここは我々のものだと言わんばかりに。

「ゾイガーだと……まさか！」

拡大してゆく時空歪曲点の向こうに、上下逆さまの街が見える。無数のゾイガーが飛び交うその町並みに、井手は見覚えがあった。中央を流れる湾曲した川。一方の岸に西洋風の建物が並び、もう一方にはいくつかの高層ビル。その中央に、巨大な黒いピラミッドがそびえている。上海だ。今は亡き世界都市の在りし日の姿が、頭上に広がっていた。

見る間に、黒いピラミッドから長大な触手が伸び、高層ビル群を薙ぎ倒した。

邪神ガタノゾーアが実体化しつつあるのだ。

「いかん！　このままでは！」

井手がタブレットを叩き、かつての惨劇のタイムテーブルを呼び出す。

「十五分後には、半径一〇キロが消し飛ぶ……」

マヤが申しわけなさそうに付け加えた。

「……科特隊本部も、その圏内です」

「前線指揮所の防衛大臣に退避を——」

『せっかくだが』

井手の言葉を、モニターの向こうの星野防衛大臣が遮った。

『とっくに肚は括っている。ここで諦めるつもりはない』

その毅然たる態度に、背後の補佐官たちも居住まいを正した。

「……君にはいつも教えられる。そうだな、やれることをやるべきだ」

井手はうろたえるのをやめ、状況の精査に取りかかった。

『次郎……聞こえるか？』

「……ああ。……まだ、生きてる」

『お前に今まで、黙っていたことがある』

「なに？　この世界に好きな女の子でも出来たか？」

冗談めかす次郎は察していた。さっき言っていたDARK ZAGIの力に対抗できる唯一の方法。それをZEROは俺に伝えようとしている。

『次郎。俺の中には、ある「力」が溜まっている。本来ここにいるべき存在ではない俺を、元の世界に引き戻そうとする力だ』


そのZEROの声は、他の七人の戦士にも、科特隊指令室にも届いていた。

マヤの呟きに、井手が反応する。

「時空……復元力」

「ありうるな。低エントロピー反応空間には高いエネルギーが蓄積される。ゴム紐を引っ張るようなものだ。それが五次元以上の座標軸に作用するなら――」

タブレットで何やら計算する井手の言葉を、エドが引き取った。

「時空歪曲率の反転を、抑え込むことができるかもしれない」

今度は次郎がＺＥＲＯに問う。

「その力を使えば、ゼロ、お前はどうなる？」

『………』

「元の世界に、帰れなくなるんじゃないのか？」

『ずっと、迷っていた』

「最近やけに無口だったのはそのせいか」

『次郎。今の俺には、この世界が故郷だ。お前が家族だ』

「おい、ゼロ？」

『最後まで俺が守る！』

ＳＵＩＴの色が目まぐるしく変わる。装甲の可変波長透過吸収機能が暴走状態だ。

『お前と、お前が生きるこの世界を！』

ＺＥＲＯが叫ぶと同時に、頭上に広がる逆さまの上海の中心。巨大な黒いピラミッドが内側から弾け。邪神ガタノゾーアが這い出した。ゾイガーの群れを従えて、空に開いた穴から大東京に落ちてこようとしている。

それを仰ぎ見るＤＡＲＫ ＺＡＧＩが、両手を振り上げ陶然と言い放つ。

「見るがいい、太古の邪神も今やわが下僕！　私こそが真なる闇の支配者‼」

『二万年早いぜ！』

ＺＥＲＯの全身から、渦を巻く波動が放たれた。時空復元力を解放したのだ。

周囲の瓦礫が浮き上がり、道路やビルを形成してゆく。時間が巻き戻ってゆく。

頭上に広がる上海が狭まり、ガタノゾーアが押し返されてゆく。

「無駄なあがきです」

ＺＡＧＩも重力操作により時間を加速する。再びビルが崩れ、上海が拡がる。

ふたつの相反するパワーの、壮絶な押し合いとなった。

「私の力は異界から無限に供給されます。お前はそうではないでしょう……⁉」

ＺＡＧＩの間近に、Ｓ字型の金属片が浮かんでいる。ＳＥＶＥＮが投じたスローイングナイフを、ＺＡＧＩが反射的に時間を止めて防いだのだ。

「試させてもらおう。無駄なあがきかどうか！」

ＺＡＧＩを、七人のＵＬＴＲＡＭＡＮが取り囲んでいた。ＺＥＲＯの時空復元力で、ダメージから回復したのだ。七人が一斉に攻撃を見舞う。弾丸を、炎を、光刃を。

いずれもＺＡＧＩには届かないが、その分ＺＥＲＯに向けられる力が弱まった。

すかさずＺＥＲＯが押し返す。

「なめるなあああっ‼」

そう叫んで空へ脱出を試みるＺＡＧＩに、七戦士が組み付いた。それを弾き飛ばし、空中にくぎ付けにする。そしてやおらＺＥＲＯへ向ける力を増大させた。


科特隊指令室では、誰もが固唾を飲んでその攻防を見つめていた。しかし。

「……この子を、お願いします」

突如マヤがユザレを井手に託し、コンソールに向かう。

「マヤくん？」

マヤはコンソールに触れたまま動かない。


ＺＥＲＯとＺＡＧＩの力は再び拮抗した。蓄積された時空復元力も残り少ない。

あと一手、何かが足りない。

『次郎。俺は今まで、お前のお陰で大切なものを教えて貰った。復讐しか頭に無かった俺に。誰かを守りたいと思う心だ』

「何だよ今さら。相棒だろ？」

『……行くか』「っしゃ！」

呼吸を合わせ、ZEROは跳躍した。そのままZAGIに突進する。

ZAGIお得意の時間停止による防御を、ZEROの復元力が無効化する。

ZEROの拳が、ZAGIの顔面にめり込んだ。

その勢いに任せ、残った時空復元力をすべて解放する。

『この世界に、貴様の居場所はない！』

「そこまで愚かとは……‼」

ZAGIの力が消え、一気に歪曲空間が閉じる。

ZEROも、ZAGIも、七人のULTRAMANも、上海もろとも消滅した。


「……どうなったんだ？　ガタノゾーアは？　早田や進次郎君たちは？」

ユザレを抱いた井出が呟く。

モニターの向こうで、レネがユザレの思考を代弁した。

『すべては、時の流れの渦の中に……』

ガシャン。マヤが椅子からずり落ち、床に倒れた。

「マヤくん⁉」

　マヤの意思を宿すアンドロイド01は、完全に機能を停止していた。


「……っ！」

『目が覚めたか』

　ZEROの声に、次郎は瓦礫の中で身を起こした。

「ここは……どこだ？」

『わからない。周辺をスキャンしてみる』

　耳元で通信を求めるコールが鳴り続けていることに気付き、回線を開く。

『こちら科特隊本部、聞こえるか？』

　井手の声だ。どうやら最悪の事態は回避されたらしい。

「井手さん、無事で良かっ――」

『キミは誰だ？　なぜゼロ号スーツを装着している？　いったい……』

　様子がおかしい。問い返そうとしたところへ、ZEROが割り込んだ。

『駄目だ次郎、ともかくこの瓦礫の中から出よう』

　積み重なった鉄骨や建材をガラガラと押しのけ、ようやく視界が開ける。

「……は？」

前方に、巨大な黒いピラミッドがそびえていた。空には無数のゾイガーが飛び交い、そこら中から炎や煙が上がっている。上海だ。それもガタノゾーア復活直前の。

「おや、遅かったではありませんか」

目を凝らすと、ピラミッドを背にしてDARK ZAGIが立っていた。片手で首を締め上げていた誰かの身体を、こちらへ投げてよこす。TIGAだった。

「ダイゴさん⁉」

『次郎、周りを見ろ』

視界に、周囲の光景がエンハンス表示された。TIGAを含め、ボロボロに傷ついた七人のULTRAMANが倒れている。

「こいつが、未来から来た最後の一人か？」

ZAGIの背後から、銀と黒のTIGAが現れた。EVIL TIGAだ。さらに異形の甲冑を身にまとった闇の三人衆——カミーラ、ダーラム、ヒュドラの姿もある。

それぞれが、完膚なきまでに打ちのめされたMANを、TIGAを、SEVENを、ACEを引きずっていた。

——馬鹿な。四人とも、既にここに倒れているというのに。

『どうやら俺たちは、過去の時間軸に迷い込んでしまったらしいな』

「……最悪だ」

第九話 英雄たちよ、永遠に

ULTRAMAN SUIT ANOTHER UNIVERSE 8U編

ズルッ。ズルッ。ズルッ。

次郎の耳に響くのは、過去の仲間たちが地面を引きずられる音だ。

「未来から、はるばるご苦労だったな。プレゼントだ」

EVIL TIGAが投げたのはTIGAだ。そのボロボロに傷ついた体が、既に倒れているもう一人のTIGAのすぐ脇へと転がった。

悪夢だ……。次郎が心の中で呟く。

「何で……こんなことに⁉」

『誤差が、生じたようです』

混乱する次郎に、ZEROとは違う声が静かに語り掛ける。それは、

『マヤか？』「……マヤさん？」

ZEROと次郎が同時に驚きの声をあげる。彼女は、アンドロイド01の人格として科特隊指令室にいたはずだ。

「どうして……」

『あの時、ゼロが解放した時空復元力は、確かにダークザギと、過去から召喚した上海を歪曲空間に押し戻しました』

良かった。少なくとも元いた世界は、これで救われたわけだ。

『その瞬間、ザギはあなた方ウルトラマンも道連れに、歪曲空間に引きずり込んだ』

最後に聞いたZAGIの言葉がよみがえる。

――そこまで愚かとは……！！

『それに気づいた私は、データリンク回線を通じて自分自身をこのスーツのストレージに量子転送したんです。何か、私にもできることがあると思ったから』

できることがあるのに何もしないのはただの罪――諸星の口癖だ。

『だけど、この時系列への到着に誤差が生じた。ザギと他の七人は私たちよりも前に、私たちはいちばん最後に、ここへ来てしまった』

マヤは淡々と続ける。

『記録では、進次郎君が生体テレポートでピラミッド内に侵入。イーヴィルティガとの交戦の末、カタノゾーアの殲滅に成功した。でも……』

どさっ！　EVIL TIGAが無造作に投げ捨てたのはボロボロに傷ついたULTRAMAN――過去の進次郎だ。

『その未来はなくなりました。過去が、書き換わってしまったから』

「過去が……書き換わった……？」

科特隊指令室。オープン回線で話すマヤたちの会話に井手がうめく。

「彼らは本当に未来から来たというのか？」

井手の傍らでモニターを見つめる早田が相槌を打つ。

「彼女の話は首尾一貫している。信頼していいだろう。同じＩＤのスーツが同時に二体存在する現状とも符合する。しかもそのうちの一体は――」

早田が、倒れているＺＯＦＦＹ ＳＵＩＴのデータを呼び出した。

「私のプロトタイプスーツの完成形だ。私専用のスーツを装着できる人間は、私以外にいない。そうだろう？」

「当局への申請なき時間遡行、認証なき未来情報開示。既定事象の恣意的改変。すべて重大な星団法違反だ」

エドが、心なしか語気を荒げて割り込んだ。

「速やかに原因を排除し、この時系列に秩序を取り戻さなくてはならない」

どうやら彼らが未来からやってきたことは間違いないらしい。

だとしたら聞きたい事は山程ある。科学者として、科特隊の指揮を預かる者として。

「君たち！　未来で何があった？　これから何が起きるというんだ⁉」

井手の問いかけに答えたのはマヤたちではなく、

『勿論、滅亡です』

メインモニターから響くDARK ZAGIの声だった。

「重力変動検出！　最大級です！」

オペレーターが告げると同時に、ULTRAMANたちが倒れている瓦礫の山が音を立てて陥没した。そこにSUITの軋みと生命維持機能が発する警報、そして装着者の苦悶の声が重なる。まさに叫喚地獄だった。

「ゼロ、でしたっけ？　未来ではよくも私の邪魔をしてくれましたね」

超重力が十二人のULTRAMANたちを瓦礫に埋める中、ZAGIがゆっくりとZEROに向かい、

「正直ムカつきましたよ。私にたてつくなどありえない。でも結果は見ての通り。お前たちには何もできなかった。どんなにあがこうが全て無駄。この世界は滅び

るのです。絶望という名の闇に飲み込まれ、恐怖の悲鳴を奏でながら」

DARK ZAGIがさらなる重力を上乗せし、ZEROを踏みつける。

「さあそのスーツの耐久荷重はどの程度です？ 五〇〇トン？ 千トン？ さすがに一万トンには耐えられないでしょう？」

次郎は声も出せない。

「…………‼」

肺に空気が入っていかない。視界が狭まる。思考が鈍ってゆく。

「ふん」

動かなくなったZEROを爪先で蹴ったZAGIは、それきり興味を失った。

「さて、儀式を続けるとしますか」

EVIL TIGAたちに命じるZAGI。するとカミーラが、倒れている二人のTIGAに光の剣を突き付け、

「その前に、この男にとどめを刺させて。この私の手で」

「時間の無駄です」

「でも——うがっ！」

カミーラの体が吹き飛び、瓦礫に激突した。

「カミーラ！」

ヒュドラとダーラムが駆け寄る。

「私の命令は絶対です。そもそも私が来なければ、お前たちはウルトラマンに敗北し、消え去っていたのですから」

「そいつは初耳だな」

EVIL TIGAがぐっと顔をZAGIに近づけ、

「だが、もう歴史は変わったんだろ」

「お前も吹き飛ばされたいですか？」

「いや。儀式は続けるさ。それにしても、いいスーツだ。マスター《指導者》ザギ」

そう言うと踵を返し、黒いピラミッドへと向かっていく。カミーラもヒュドラ、ダーラムに支えられ、EVIL TIGAの後に続いた。

それをZAGIが見送り、

「邪神ガタノゾーア。美しき滅亡をもたらすもの。復活すれば、今度こそ誰にも止められはしない」

『……止める』

「！」

ＺＡＧＩが振り向くと、全身を苦痛に震わせつつＺＥＲＯが再び立ち上がった。

『俺が……必ず……止める！』

「死にぞこないが」

更に強烈な光弾をＺＡＧＩが放とうとした時、背後から回転する何かが飛来、ＺＡＧＩの体勢を崩して瓦礫に突き刺さった。Ｄ装備。大型破断刀〈アイスラッガー〉だ。

「死にぞこないなら、ここにもいるぞ」

瓦礫の中、二人のＳＥＶＥＮが立ち上がる。ＳＵＩＴはボロボロ、体力も限界なのは誰の目にも明らかだ。しかし二人は、寸分たがわぬ霞の構えを取って言い放つ。

「言ったはずだ。必ず貴様を地獄に落とすと！」

猛然と斬りかかるダブルＳＥＶＥＮ。攻撃をかわすＺＡＧＩが反撃しようとした時、今度は光線が、火球が、背後から放たれる。間一髪で回避するＺＡＧＩ。

「どういうことです……」

その目の前に、二人のＴＩＧＡが、二人のＡＣＥが、ＪＡＣＫが、ＴＡＲＯが、ＺＯＦＦＹが、そして二人のＵＬＴＲＡＭＡＮが立ち上がる。

巨体のＪＡＣＫが頭を振りながらぼやく。

「飲み過ぎたかな。旦那が二人に見えるぜ」

一方のＵＬＴＲＡＭＡＮが聞いた。

「その声……ジャックさん？」

ＡＣＥの一人が返す。

「知らないってことは、そっちがこの時系列の先輩ですね」

ＴＩＧＡの一人が、場違いな歓談を打ち切った。

「後にしろ。こいつを倒すのが先だ」

ＺＡＧＩを包囲するように並び立つ十二人の戦士たち。

「倒す？　十二人がかりなら倒せるとでも？　わかっていませんね。十二対一ではない。十二対二万五〇〇〇だということが！」

瓦礫の隙間から、隧道から、水中から、いたるところから、数万というゾイガーの群れが飛びたち、ＺＡＧＩに従うように旋回する。

だが十二人は怯まない。

「二番煎じですよ、そのセリフ」

「どんな絶望の中でも、希望はある」

「守るべきものがいる限り、俺たちは戦う」

「それが、ウルトラマンだ！」

突如現れたもう一人の自分。見知らぬSUIT。ここにいるはずのない男たち。不可解なことだらけで事態がまるで掴めない。だがその一言で、全員の心が結ばれた。

そしてもう一人――

「光が……見える」

戦場からやや離れた緑地帯に着陸している小型ビートル。

その機内でじっと祈りをささげる少女、ユザレもまた彼らと心が繋がっていた。

「やれやれ、どこまで私を怒らせたら気がすむのですか？」

満身創痍でありながら闘気をみなぎらせる戦士たちをZAGIが見回し、

「今度こそ、まとめて息の根を止めてあげましょう！」

ドス黒い波動をまとい、猛然と戦士たちに襲い掛かった。


ドーーーーン！

何かが激しくぶつかりあう衝撃音が黒いピラミッドの中にも響く。

ＥＶＩＬ ＴＩＧＡとカミーラたちの前には儀式用の異形の祭壇があり、異界の門を開く巨大な眼――ルボイア星人が拘束されている。

「始めよう。大いなる闇の支配者、復活の……うっ」

不意にＥＶＩＬ ＴＩＧＡの脳裏に、あるはずのない記憶が流れ込む。

――弱いな。弱いから、お前は闇に心を飲まれたんだ。

――黙れ黙れ黙れ、黙れえぇぇぇぇぇ！

ＵＬＴＲＡＭＡＮの放ったスペシウム光線と、ＥＶＩＬ ＴＩＧＡの放ったゼペリオン光線が激突。真っ白な光に包まれ！

「……そういうことか」

「どうした？」

小さく呻くＥＶＩＬ ＴＩＧＡをカミーラが怪訝に見る。

「たしかに……君が正しい」

その両腕を広げると同時、床や壁が蠢き、大量の重力波がルボイア星人の眼の中へと送り込まれた！

ありえない。こんなことは、あり得るはずがない……！

ZAGIが——その漆黒の鎧をまとうダークゴーネが、心の中で呟く。

十二人のULTRAMAN。確かに侮れない数ではあるが、いずれも満身創痍、立っているのが不思議なほどのダメージを受けている。数で勝ろうとも瞬殺できる、そう確信していた。だからあえて時間を操ることなく真正面から潰すことにした。その判断は間違ってはいなかった。実際、ZAGIは十二人の戦士たちの同時攻撃も余裕で躱し、一人一人に致命傷となる一撃を加えた。だが奴らは何度倒れようと再び立ち上がり、戦列に復帰した。いくら攻撃しても十二人、誰一人欠けることがない。次第にZAGIは圧され、相手の攻撃がヒットし、無敵の鎧に傷がつく。

初めて感じる焦り。苛立ち。動揺。そして……恐れ。

こんなこと、ありえない！　ありえない！　ありえない！

その時——、
ゴゴゴゴッ！　漆黒のピラミッドから火柱が立ち上ると、時空がぐにゃりと歪み、異界の門が開かれた。

「ようやくですか。待ちわびましたよ」

門の奥の闇に爛々と光る赤い双眸。おぞましい咆哮が響き、幾本もの巨大な触手が這い出してくる。

「井手。奴の姿を見ない方がいい。人間の精神力では自我を保てないだろう」

　エドの忠告に従い、井手はすべてのオペレーターおよび戦闘員に可視光域での観測を禁じ、音声のモニタリングも止めさせた。画面が模式図や波形グラフに切り替わる。


　うおおおおおおおおおおん！


　その声を聞くだけで正気を失い、姿を見るだけで発狂する異形の怪物。暗黒の旧支配者。邪神ガタノゾーアが、漆黒のピラミッドを引き裂いて上海の街に出現した。

　その超巨体に向けて両腕を拡げ、DARK ZAGIが勝ち誇る。

「はははは！　結局はこうなるのです！　お前たちがいかに抵抗しようと、大いなる時の流れの中ではほんのさざ波に過ぎない！　さあ怯えるがいい！　絶望するがいい！　お前たちの恐怖が！　狂気が！　混乱が！　邪神の糧となり私の力となるのです！！」

ガタノゾーアの触手のひと薙ぎが、高層ビルを打ち崩した。巻貝を思わせる外殻表面から無数のゾイガーが湧きだし、十二戦士に襲い掛かった。

「ビーコンロスト！　位置を見失いました！」「生命維持系統が機能していません！」

「パリ本部から緊急入電！　ゾイガーが世界中に出現したと！」

科特隊指令室に情報が錯綜する。しかし井手は、それらに対応する力を失っていた。

「もはや我々に希望はないのか……」

「井手！」

早田が、うなだれる親友の肩を掴み顔を上げさせる。

「俺たちが希望を捨ててどうする！」

『そのとおりです』

小型ビートルにいるユザレからの声が響いた。

『目を逸らさないで。見て下さい、彼らの姿を。聞いて下さい、彼らの声を。世界中に届けて下さい、彼らの戦いを――』

「………」

井手の表情が変わった。

「映像と音声を通常に戻せ。通信制限も報道管制も解除。各方面に通達急げ」

「そんなことをしたら――」

「私が全責任を負う！」

温厚な井手の剣幕に驚き、オペレーターたちは一斉にコンソールに向き直ってキーを叩いた。

メインスクリーンに実景の映像が戻り、音声が復活する。サブモニターには各国の報道映像が映る。十二戦士の戦いの、全世界同時中継・同時配信が開始された。

ULTRAMANは戦っていた。いかに打ちのめされようと、何度叩き伏せられようと立ち上がり、光輪を放った。ソードを振るった。ビームを光らせ、スピアを伸ばし、ランスを唸らせ、雄叫びを上げて炎を迸らせた。それを見る人々に、やがて変化が起こった。闇に怯え、目を伏せて耳を塞ぎ、うずくまっていた人々に、変化が。

負けるな……頑張れ……はね返せ……俺たちが付いてる……‼

拳を握り、息を弾ませ、立ち上がって空を見上げた。

小型ビートルのユザレも、それを感じていた。

「光が、広がってゆく……」


一方、DARK ZAGIは動揺を隠せずにいた。

「おかしい……なぜ恐怖が集まってこない？　絶望が蓄積されていかない？」

「当然だ」

ゾイガーの一群を屠ったZOFFYが応える。

「我々も人々も、誰も恐がっていない。誰一人絶望していないんだからな」

その右に、左に、戦士たちが集結し、DARK ZAGIを指さす。

「俺たちはお前など恐れない！」

中継を見つめる人々が、一斉に歓声を上げた。

ユザレがすっと目を閉じ、精神を集中する。

『聞こえますか？　私の声が。……視えますか？　この世界を守るため、最後まで諦めず戦うウルトラマンたちの姿が……』

世界各地に、この呼びかけをより鮮明に受け取ることのできる人々がいた。後にデュナミストと名付けられる、先天的にユザレの意識を共有する能力の高い人間たちだ。

彼らの中には、この時系列を生きるレネがいた。姫矢准とセラが、他にも一〇〇〇人以上の人々が、ユザレのメッセージを受け取り、その意味を瞬時に理解した。

まだ希望はある。世界は滅んだりしない。

その希望とは、自分たち自身なのだと。


DARK ZAGIが超重力を発動させる。またも十二戦士が地に這わされ、その上にゾイガーの群れが折り重なって石化する。

「ぐ……ああああ‼」

戦士たちの血を吐くような呻きが世界中に中継される。

「立て、ウルトラマン！　諦めるな‼」

各地のデュナミストが叫ぶ。呼応して人々も声援を送る。

「これは……⁉」

指令室に映る地上観測衛星の映像に、井手が驚きの声を漏らす。世界中の人口密集地を中心に発生した幾万、幾億の金色の光が、上海に集まりつつあった。

超重力に圧し潰されつつ、なお立ち上がろうとする十二戦士に、

「無駄だと言っているでしょう!」

DARK ZAGIがさらに荷重をかける。

その背後に、儀式を終えたEVIL TIGAと闇の三人衆が集結しようとしている。

「ご苦労でした。さあお前たちも……何⁉」

四人が放つ闇の波動は、DARK ZAGIに向けられている。

「どういうつもりだ!」

「気が変わった」

EVIL TIGAだ。

「最初は好都合と思ったが、どうにも貴様とは馬が合わん」

ダーラムがZAGIの右腕を、ヒュドラが左腕を押さえる。

「ダイゴを殺すのは私だ」

光の鞭をZAGIの首に巻き付けて、カミーラが言う。

「お前には三千万年早い」

ＥＶＩＬ ＴＩＧＡが顔を寄せ、イーヴィルフォークを突き付ける。

「貴様にこんな上等なスーツを着る資格はない。ダスター《雑巾》ザギ」

「おのれえええええええええ！」

ＺＡＧＩが、超重力の矛先を四人に振り向けた。


「今です！」

上空を飛ぶ小型ビートル内のユザレが目を見開いた。

上海に集まった光が収束し、十二戦士に降り注ぐ。

光に触れたゾイガーが紙のように燃え上がり、石化した骸が蠟のように溶け落ちる。

戦士たちの身体も光を放ち始め、二人のＵＬＴＲＡＭＡＮが、二人のＳＥＶＥＮが、二人のＴＩＧＡが、それぞれ一つに重なった。

「そうか、私も……」

科特隊指令室の早田も光に包まれて消え、上海のＺＯＦＦＹと一体化した。

神秘的な光景に息をのむ井手たち。

「これが……光」

不思議と、戸惑いも混乱もなかった。たしかに同じ時間の記憶が二つあるが、各自の中では矛盾なく繋がっている。思考も鮮明だ。

あらためて、八人の戦士が立ち上がった。

「離れろ。そいつは俺たちが消し去る」

ZAGIを押さえる四人に、TIGAが告げた。

「馬鹿を言え……こいつを潰したら、次はお前たちの番だ……覚悟しておけ！」

そう嘯くEVIL TIGAも、ZAGIの超重力に苛まれ砕け散る寸前だ。

三人衆も同じだった。

「光に当てられたか、カスどもが！」

ガタノゾーアが咆哮し、超重力に超衝撃波が加わった。全員、一歩も動けない。

「邪神が復活した今、私の闇の力は無限です！　抗うことは物理的に不可能！」

『闇が無限であるように、光もまた無限です』

「!?」

八戦士の頭上に、ユザレが浮かんでいた。

「よせ、ユザレ！」

『ダイゴ……大丈夫、これは私一人の力ではありません』

ユザレは静かに微笑むと、自らも降り注ぐ光の一部となってTIGA SUITに吸い込まれた。光凝集装甲が金色に染まる。SUIT自体が強く発光している。

「そんなコケおどしなど！」

DARK ZAGIが再び超重力を見舞う。

それを、ZEROの放つ光の渦が押し留めた。体色が目まぐるしく変化している。時空復元力を発動させたのだ。

「ゼロ⁉　復元力はもう残ってないって」

『俺じゃない』

ZEROはこの世界に引き込まれる際に時空復元力を使い果たしていた。帰るべき世界が失われているダイゴやユザレにはそもそも復元力がない。では誰が？

『……私です』

次郎の疑問に答えたのはマヤだった。だが理屈に合わない。マヤはずっと昔、諸星と共にあった。つまり同じ時空の存在だ。別の時空から来たZEROとは違う。時空復元力を持つはずがない。

「変わったのは、僕たちの世界の方……ということだ」

諸星が言い添えた。彼は気付いていたのだ。自分たちが生きるこの世界が、どこかで共通の時系列から分岐し、マヤにとっての異世界に変わってしまったことに。


「やりましょう。このチャンスを、無駄にはできない！」

進次郎が号令する。

「アイ・アイ・キャプテン！」

海軍式の答礼を返したＪＡＣＫが腕の収縮ソードを伸展させる。

「言われるまでもない」

ＴＡＲＯも両手に超高熱火炎を迸らせる。

「老いては子に従え、だな」

ＺＯＦＦＹがスペシウムブレードを展開する。

ＡＣＥがメタリウムハンマーを打ち鳴らし、ＳＥＶＥＮがソードの鞘を払った。

『スーツの機能を最適化します。システムロック解除。フェアリング・フルオープン‼』

ＺＥＲＯ ＳＵＩＴの装甲に組み込まれた可変波長透過吸収機能が限界を超え、金と銀に輝いた。各部のカバーが開き、熱と共に光の粒子を放出する。時空復元力超解放モード――ＺＥＲＯ ＳＵＩＴ／ＳＨだ。

進次郎もＳＵＩＴのリミッターを解除した。装甲表面が赤熱する。

「この三分で、全部終わらせる！」

猛然と突進する八戦士。

「調子に……乗るなあああああ‼」

ＺＡＧＩが吠えた。

「こんな茶番は飽き飽きです。闇も光もどうでもいい。恐怖も絶望も興味はない。この上は私自身が邪神と一つになり、森羅万象すべてを混沌に帰せしめましょう！」

組み付いた闇の四戦士ごと浮揚し、背後のガタノゾーアに向かってゆく。

「貴様……‼」

ＥＶＩＬ ＴＩＧＡたちを抱えたまま、ＺＡＧＩはガタノゾーアの口に飛び込んだ。

うおおおおおおおおおおん！

ガタノゾーアの眉間に、ＺＡＧＩの上半身が浮き上がった。

「これはお前たち自身が招いた結果です。後悔してももう遅い！」

ＺＡＧＩはガタノゾーアの巨体を手足のように操って襲い来る。ビルをも砕く触手は音速を超え、魂を揺さぶる咆哮は地を裂く稲妻を伴い、全身から染み出す瘴気は触れれば即死する猛毒を含んでいる。天を衝く巨体には八戦士のどんな打撃も、刃も、炎も、いっこうに効いている様子がない。

反対に邪神の攻撃はその一発一発が重く、鋭く、凄まじい。掠めただけでＳＵＩＴの外装が砕け、複合装甲が弾け飛ぶ。皮膚が裂け、骨が軋み、血煙が上がる。しかし戦士たちは倒れない。攻撃の手を休めない。二分を過ぎるころには、連携し合って活路を開き、ＴＩＧＡを眉間のＺＡＧＩに肉薄させていた。

「ありえない！　何がお前たちをそこまで……!?」

「愚問だな。しいて言うなら――」

ふと、振りかぶった右腕に備わる防盾の表面に施されたマーキングが目に入った。

――ただの思い付きだ。忘れてくれ。

あれは未来の記憶だったか、とダイゴはひとり得心する。

「GUTSだ！」

渾身のストレートをZAGIの顔面に叩き込んだ。

ZAGIの身体は勢い余ってガタノゾーアの眉間をぶち抜き、体内深く沈んでゆく。


邪神の動きが止まった。TIGAとZEROを中心に八戦士が集結する。

全員、見るも無残な有様だが、士気は微塵も衰えていない。

「やれるな、ゼロ！」『俺に限界はない‼』

ZEROは両手にゼロスラッガーを握ると、傷つき歪んだ胸部装甲を自ら抉り捨てた。

露出した胸部スペシウムコアから、極大の時空復元力がガタノゾーアへ放たれる。

「合わせろ！」

金色のTIGAも、胸のクリスタルから光の奔流を放射する。

MANとZOFFYは十字を組み、ACEは手首の砲口を、SEVENはソードを、JACKはレールガンを構え、TAROは特大の火球を生成する。

ガタノゾーアの体内では、DARK ZAGIがもがいていた。

「まずい、早くこの時空から脱出しなくては……」

その手足に絡みつく者があった。

「どこへ行く」

「逃がさないよ」

「ユー・アー・マイ・フレンド」

「キハアアアァッ‼」

EVIL TIGAと、闇の三人衆だった。

「……ありえない」

二分五七秒。

八戦士の一斉攻撃がガタノゾーアに炸裂し、その中心に開く異界の門にまで到達。上海一帯を、熱も圧力もない光芒が包み、邪神も、ULTRAMANも、その白い光の中に溶けていった——。

次郎は巨大なピラミッドの前に立っていた。それは悪しき漆黒のピラミッドではなく、
全高八〇〇メートルの巨大建造物、ダイブハンガーだ。

「とうとう完成したのか」

青空の下、太陽の光を受け輝くその威風堂々をした鋼鉄のピラミッドを見上げ、次郎は自然と笑顔になる。

「よくやったな。次郎」

「……え？」

次郎は傍らに立つ作業服の人物を見て、あっと息をのむ。

「……父さん」

それは数年前に病魔に冒されこの世を去った次郎の父だった。

「立派に成長した‼ お前は自慢の息子だ」

「俺……父さんと一緒に作りたかった。人を幸せにする、夢の城を」

「そうか。でもお前は一人じゃないだろ。ともに苦しみ、ともに笑い、ともに頑張れる、仲間がいる」

「……うん」

「ありがとう、次郎。この世界を救ってくれて」

父が満面の笑顔で次郎の頭をなでる。昔と同じように。

「みんなの未来を、夢を、守ってくれて」

「……父さん」

涙で目が曇り、父の笑顔が滲み、消えていく。

「父さん！」


「次郎」

名前を呼ばれ、次郎が目を覚ます。

夢を見ていたのか。

「次郎」

もう一度呼ばれ、振り向くとそこには父ではなくＺＥＲＯが立っていた。

「ここは……!?」

次郎のいる場所は真っ白い空間だ。

周囲を色とりどりの光の奔流が、網の目のように絡み合いながら無数に流れている。

その様は、大樹の枝か毛細血管、あるいは末梢神経を連想させた。

「時の分岐点です」

ＺＥＲＯの横に白いケープの少女、ユザレがいた。

ユザレの背後に、ダイゴとマヤの姿もある。

「時の、分岐点……」

「時間とは川の流れのようなもの。分岐することもあれば合流することもある。近い流れの中では、近い事象が起こっている。ほら」

ユザレは周囲を流れる光の網目を示した。

「あのひとひとつが異なる宇宙です。そこにもあなた方のような人たちがいて、何かを守るために戦っているのかもしれません」

次郎は理解する。この場所の意味を。

わかっていたのだ。ＺＡＧＩとガタノゾーアが消滅すれば、歴史が書き換えられるということを。上海が消滅することがなければ、この世界と他世界を繋ぐ時空歪曲点も存在せず、すなわちＺＥＲＯも、マヤも、この世界に来ることはない。

そうとわかっていても、次郎たちは選んだのだ。大切な仲間との、別れを。

次郎の背後には、進次郎、早田、北斗、ジャック、光太郎、諸星がいる。

みんな無言で、その時が訪れるのを待っている。

「次郎」

またZEROが名前を呼ぶ。

「お前と出会えて本当によかった。俺はお前に大切なことを教えてもらった」

「それは聞いた。諦めないことだろ」

「それともう一つ、人を好きになることだ」

「……え？」

「次郎と初めて出会った時、お前が命懸けで守った女性」

「アンナのこと？」

「そうだ。次郎。アンナが好きなんだろ」

「ちょ、急に、何言ってんの？　てか、今それいう場面？」

激しく動揺する次郎を見て、ZEROが笑った。初めて心の底から楽しそうに。

そこにいる全員が笑顔になる。次郎も微笑み、

「俺も、ゼロに出会えて本当によかった。……ありがとう」

次郎は手を差し出す。最後の握手になるだろう。

「ありがとう。次郎。お前のことは忘れない」

ＺＥＲＯが次郎の手を握る。するとダイゴが一歩、前に出る。

「……進次郎」

「ダイゴさん」

向き合う進次郎とダイゴ。

「これから、どこに行くんですか？　もう戻るべき世界は……」

「あるさ」

「え？」

「戻るべき場所はなくても、俺たちの生きるべき場所は必ずある」

「新天地、ですか」

「そこで俺は生きる。仲間たちの思いと共に」

「がんばってください」

「進次郎。お前もな」

ダイゴと進次郎も最後の握手を交わす。

その傍ら、マヤが一歩、前に出る。

「……ダン」

「……」

諸星は無言だ。

「あなたにこうして会えたことは奇跡だと思う。神様がくれた宝物みたいな時間」

「僕は、神など信じない」

「ちょっと、諸星さん…」

思わず声を出す北斗を「しっ」とジャックが制する。

「だけど、目に見えない大きな力は感じる。その力が僕たち二人を繋いでいる。とても深い部分で。だから……僕たちはこれからも一緒だ。たとえ離れていても、互いの存在を感じることができるはずだ。必ず」

「……ダン」

マヤが微笑む。

「そんなにあなたがしゃべるとこ、初めて見たかも」

「……すまん」

「なに謝ってんすか」

またも茶々を入れる北斗を今度は早田が睨む。

「でも……伝わったよ。ダンの、気持ち」

「……そうか」

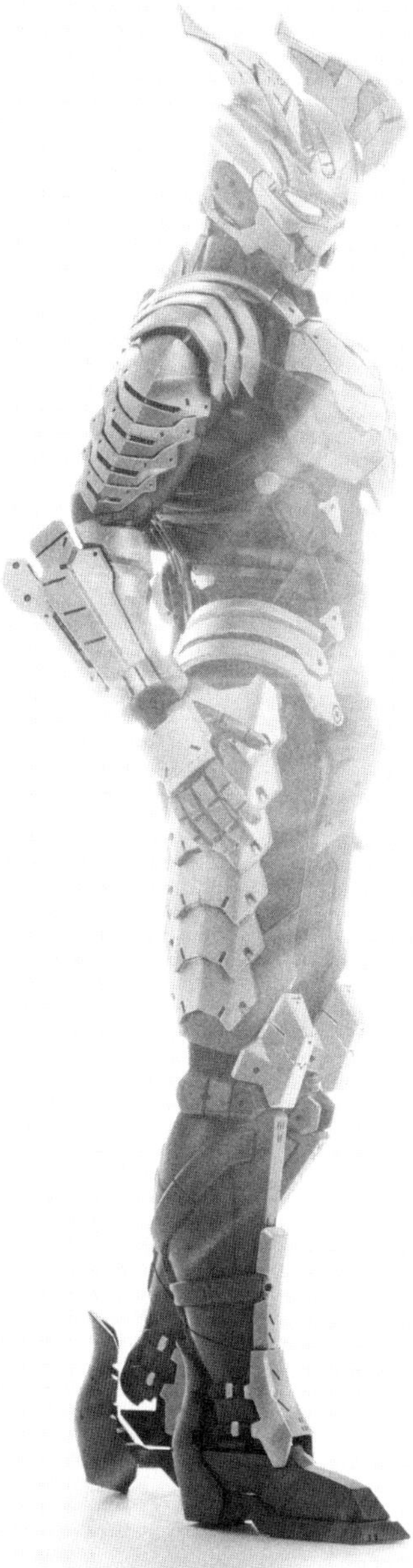

もう、みんな伝えるべき言葉は伝えた。そんな沈黙が流れる。

「そろそろ、時間です」

ユザレがそう言うと、白い空間に、ZEROが、ダイゴが、マヤが、消えていく。

「さよなら、ゼロ」

「元気でな、次郎」

「さよなら、ダイゴさん」

「もっと強くなれ。進次郎」

「さよなら……ダン」

「マヤ……ありがとう」

美しいマヤの笑顔が白い光に包まれ、消えた。

「私の最後の力は、あなた方を本来の時系列に戻すため、使います」

「ユザレ。そんなことをしたら、君は……」

心配する早田にユザレが微笑み、

「大丈夫です。私はダイゴと共に生きます」

残された進次郎たち七人が眩い光に包まれる。

そして、光の中でユザレの声が聞こえた。

「英雄たちよ。永遠に」

トレーニングジムに隣接するロッカールームで、諸星は訓練の汗を拭いながら私用の携帯で通話していた。が、誰かの入室を察知するや、

「また連絡する」とすかさず切断する。

入ってきたのは進次郎だった。

「お前か」

安堵のため息から、進次郎は通話の相手に察しが付いた。

「ジャックさんですか？　アメリカにいる」

「いつもの情報交換だ。今のところ問題は起きていない」

七人は、最初にベイエリアの造船所で北斗が襲撃を受けた前日に戻されていた。各々、そのとき自分が存在していた場所に。七人とも、時空を超えた壮絶な戦いの記憶は残っている。しかし、この時点で既に起きていたはずの邪神復活の儀式に繋がる事件は発生しておらず、当然ながら上海も無事だ。恐らく今後も事件は起こらず、ダイゴやユザレがこの世界を訪れることもないのだろう。

あれから数カ月。ジャックの提案で、諸星たちはこの件について口外しないこ

とを決めていた。頭の固いお偉方に無用な疑念を抱かせ、以降の任務に支障をきたすことは避けたかったし、エドの言う星団法に抵触する恐れもある。言わぬが花だ。

「お前の方は大丈夫なんだろうな」

「俺も父さんも、その話はしないことにしてます。北斗もああ見えて口は堅いし」

「あとは、あの二人か」

薩摩次郎と東光太郎の消息は掴めていない。科特隊の情報網をもってすれば造作もなく突き止められるが、実行すれば現状で何の接点もない一般市民になぜそこまで関心を持ったのか、説明を求められることになる。

「元気でいるといいんですけど」

二人は知る由もないが、両者とも健在だった。

次郎はアンナと共に、クレーン作業員として忙しい日々を送っている。

光太郎はニューヨークである事件を追っていた。親友の悲劇を繰り返させないために。

彼らとは、いずれ再会する日が訪れるような気がする。

しかしマヤは——。

「…………」

時空歪曲点からこの世界に来た彼女は、ムキシバラ星人に電子生命体に改造された破壊工作員だった。彼女はそこに戻ったのだろうか。――いや、違う。マヤは諸星と再会したことで自分を縛るものから逃れ、本当の自分を取り戻したに違いない。諸星にはその確信があった。二人は深いところで繋がっている。その言葉通り、遠く離れていても諸星はマヤの存在をはっきり感じることができた。きっとマヤも同じはずだ。そしていつかまた出会えると諸星は信じていた。

と、井手からの呼び出しを告げるコール音が鳴った。

『二人とも、すぐに作戦室へ来られるかな』

「事件ですか?」

『たった今、ニューヨークに正体不明の球体群《スフィア》が出現した』

ULTRAMANの、新たな戦いのゴングが鳴ろうとしていた。

第十話　その未来《ゆめ》は、いつまでも

ULTRAMAN SUIT ANOTHER UNIVERSE 8U編

東光太郎は今、ある街へと戻ってきた。

ブルックリン。ニューヨーク州の五つの区の中で最も人口が多いその街には多種多様の人種がそれぞれの文化と共に生活している。そして絵画、音楽、演劇、ダンスなど様々なアートで溢れた街でもある。プロのアーティストを目指し世界中から多くの若者がこの街を訪れる。かつて光太郎もその一人だった。プロカメラマンになることだけを目標にしてこの街で生きて来た。あの忌まわしい事件が起きるまでは。

邪悪な異星人によって突如もたらされた親友の死。それは光太郎の人生を一変させてしまった。片時も手放さなかったカメラを光太郎は捨てた。光り輝く未来への憧れや希望は消え失せ、復讐の念だけが胸の中で激しく燃え続けた。果てしない怒り、憎しみ。凄絶で孤独な戦い。光太郎は紅蓮の業火で異星人を倒し続けた。だがどれだけ倒してもその怒りや憎しみが消えることはなかった。理由はわかっていた。だがどうしてもそれを認めたくなかった。

「もっと大きなもののために戦え」

ジャックという名の軍人の言葉が光太郎の怒りを静かに氷解させた。自分を苦しめる罪悪感と正面から向き合い、ようやく自分の力の意味を知ることが出来た。その炎は復讐ではなく、人々の未来を守るためにあるということを。

光太郎はULTRAMANとなった。同じ使命を背負った七人の仲間たちと出会い、共に戦った。強大な敵、DARK ZAGIの出現により過去の時間に飛ばされた。邪神ガタノゾーアによって破壊される直前の上海。そこで光太郎はボロボロに傷つきながらも、最後まで諦めず、仲間と力を合わせ、DARK ZAGIを倒した。その勝利により歴史は修正された。

壊滅したはずの上海は何事も無く元の活気ある都市へと戻り、人々から悪夢のような絶望と恐怖の記憶は消し去られた。だけど……。

光太郎はブルックリンブリッジの袂の公園に来る。自然と足がその懐かしい場所に向かっていた。ヴィンテージ物のメリーゴーランドが回り、イーストリバーから吹き付ける風が子供たちの楽しげな声を運ぶ。あの頃と何も変わっていない。

この公園で光太郎は初めて彼と出会った。その時の光景、彼と交わした会話が、彼の笑顔が、脳裏に鮮明に蘇る。思わず目を細める視線の先には、華麗にダンスを踊る若者が見える。その姿を一眼レフカメラで撮影する若者の姿も――。

思わずカメラを向けシャッターを切っていた。

コウタロウが覗くファインダーの中、公園のメリーゴーランドの音楽に合わせダンスを踊る若者。その粗削りな躍動感にコウタロウは魅せられた。

「いい写真は撮れたか？」

ダンスを終えた若者は、許可もなく写真を撮ったコウタロウを咎めることなく笑顔で話しかけて来た。

「ああ。無我夢中だったけど、撮れたと思う」

「見せてくれ！」

コウタロウが若者に撮ったばかりの写真を液晶モニターで見せる。

「ワオ！　最高！　ひょっとしてプロのカメラマン？」

「いや。今はまだ。でもいつか必ずなるよ」

「そうか。俺はザラ。よろしく」

コウタロウはザラと握手を交わし、そのあと公園近くのバーに向かうと安いウィスキーで互いの夢に乾杯した。

「俺がプロのダンサーになった時は今日みたいにコウタロウが写真を撮ってくれ」

「ああ、勿論。その写真がタイムの表紙を飾るんだ」

すっかり意気投合し、その後も何度も酒を飲みながら夢を語り合い、いつしかコウタロウとザラは互いに親友と呼び合える間柄になった。


「夜風が気持ちいいな」

コウタロウはブルックリンブリッジを歩いていた。イーストリバーを跨ぎマンハッタンとブルックリンを結ぶ全長約2キロのゴシック風の吊り橋。昼間は多くの観光客で賑わうこの場所も今は閑散としている。

コウタロウはこの橋が好きだ。正確にはザラからこの橋の歴史を聞いてから好きになった。南北戦争直後、この巨大な橋はドイツ系移民の建築家によって設計された。当時の建設技術で約二キロもの橋を川の上に掛けるなど不可能と思われた。だが建築家はその無謀ともいえる目標に挑戦し、自らは病に倒れるが、息子とその妻が父親の遺志を継ぎ、十四年の歳月を経て遂に完成する。

その話を聞いた時、今まで何となく眺めていた橋が、自分が追い求める夢への懸け橋のように思えたのだ。だからコウタロウは酔い覚ましの散歩は決まってこの橋を渡り、ワイヤー越しに見えるマンハッタンの夜景にカメラを向けた。

エンパイアステートビル。自由の女神。それらアメリカの象徴ともいえる建造物をファインダーの中で見つめ、いつか必ず成功してやると改めて誓う。

ザラと一緒に夢をこの手に掴む。俺たちがいるのはアメリカンドリームの国だ。

シャッターを切るコウタロウがそう心の中で呟いた時だった。不意に男の悲鳴が響く。

それは前方の闇の奥から聞こえた。普通なら迂闊に近づくことはない。そこにどんな危険が待ち受けてるかもわからない。だがコウタロウはカメラを手に悲鳴が聞こえた方向へと走っていた。

暫く行くと橋の上に黒人の男性が倒れていた。激しく痙攣している。

「大丈夫か！」コウタロウが駆け寄ると同時、信じがたいことが起きる。苦悶する黒人の体がブクブクと泡のように溶け、消えたのだ。

俺は夢を見ているのか……？

呆然と立ち尽くすコウタロウの耳に、ヴウウウウウウンン、腹に響く低周波と、頭痛を催すような高周波が交じり合った不快な音が聞こえる。顔を上げると、地面から一〇フィートほどの空中に、奇妙な物体が浮かんでいた。二十人前はあろうかというバカでかいパンケーキ。真っ白で、一方がやや尖り、反対側に短い尻尾が突き出ている。真ん中に、直径の半分ほどの光る球体が嵌まっており、音はそこから聞こえているようだ。エンジン音か。しかしパンケーキにはノズルもプロペラも見当たらず、それが発するはずの熱気も風圧も感じない。

何より奇妙なのは、パンケーキの上に仁王立ちしている異形の人影だ。マスタード色のシャツに黒いベストと黒いパンツ。まるでバーテンダーだが、その手はシェイカーを振るには武骨過ぎるようだ。両目は青く輝き、左右に開く口元にはギザギザした牙が生えている。髪のない頭頂部からは、触角だろうか？　ガスコードみたいな突起が伸び、穴の開いた先端を、僅かに消え残った地面の泡に向けていた。

異星人⁉　昔から噂はあったが最近になってようやく公表された、異星からの来訪者の存在。各国に受け入れ施設が設けられ、厳重な規制の下に生活していると聞く。その規制を逸脱した異星人に対処するための特殊部隊も設立されていたはずだ。名前は確か……。

そんなことを考えながらも、本能的にカメラを向けシャッターを切るコウタロウ。しかしファインダーの中、パンケーキに立つ異星人が頭のガスコードをこちらに向けた。観察しているのか？　それとも威嚇？　だとすれば、あれは触角な

どではなく攻撃器官ということになる。ガスコードの先端が光り始めた。――撃たれる‼

だが次の瞬間、異星人は不意にあらぬ方向に首を巡らせた。かと思うと、急にパンケーキの方向を変え、風を切ってその場から飛び去った。

静寂。再び呆然と佇むコウタロウ。……俺やっぱり飲みすぎて悪夢を見たのか？ ふと見る地面に、何かが転がっていた。腕輪？ 直感的にそう思った。金属的な光沢を放つ中空のシリンダーで、長さは五インチほど。その外側に、分銅のついた短い鎖が取り付けられている。そのせいか、腕輪というより囚人の手枷のようだ。持ち上げると、意外なほど軽かった。

「おい、ザラ！ 人、溶けた！ 異星人、見た！」

アパートメントに駆け戻ったコウタロウは爆睡しているザラを叩き起こし、ブルックリンブリッジで目撃したことを話す。

「夢でも見たんだろ」

当然ザラは信じず、また寝ようとする。

「いや、証拠がある」

コウタロウは反射的に撮った異星人の写真を見せるが、

「暗くて何だかわからん」

露光不足。手ぶれ。不鮮明。確かに証拠とは言い難い。

「じゃあ、これは？」

思わず現場から持ち帰った奇妙な腕輪をザラに手渡す。

「なにこれ？」

「わからない。人間が溶けた場所にこれが——」

「あっ！」

突如ザラが声をあげる。一瞬だった。継ぎ目があるようにさえ見えなかったその腕輪が一瞬で展開し、ザラの左手首をくわえ込んで再び閉鎖したのだ。しかもやや直径が縮み、細身のザラの腕にジャストフィットしている。ジャラリ、と鎖が鳴った。

「……おい、冗談はよせ、外してくれよ」

「俺じゃない！　あーいや、俺のせいか。待ってろ」

コウタロウは、何とかこじ開けようとあちこち撫でまわしてみたが、腕輪の外側には鎖が繋がる穴以外何の凹凸もない。内側はザラの皮膚にぴったり密着していてへアピン一本入らない。押しても引いても捻じってもびくともせず、洗剤もローションも効果がない。

「もういいよ、明日どうにかしよう」諦めて眠るザラ。

だがコウタロウは興奮が収まらず、なかなか寝付けなかった。


翌朝。アパートにある工具を総動員し再び腕輪を外そうと奮闘したが全く歯が立たず、コウタロウとザラは知り合いが働く自動車整備工場に向かった。

「コウタロウ。俺、何かおかしな気分だ」

「おかしいって何が？」

「何ていうか妙に力が漲る感じが……」

その時、女の子の泣く声。「諦めて。また買ってあげるから」母親がなだめても女の子は泣き止ます、「いやだ。あれがいい」と頭上を指さす。

見ると、可愛いキャラクターが描かれた風船が青空に吸い込まれていく。

「これはさすがに諦めるしか……」

いつもの習慣でコウタロウが飛び去る風船にカメラを向けた瞬間、真横に立っていたザラが跳躍！　上空で風船を見事キャッチし、着地。「はい、どうぞ」と女の子に手渡した。

「ありがとう！」泣き止む女の子が笑顔で礼を言う。だが母親は呆気にとられたままだ。

それもそのはず。ザラは優に十五フィートはジャンプしていた。

「ザラ……今の……どういうこと？」

「俺にも分からない。気が付いたら普通に跳んでた」

「いやいやいや。普通は跳べないでしょ。オリンピック選手だって無理……」

「しっ。……聞こえる」

ザラが口に指をあてると耳を澄ます。

「聞こえるって、何が？」

「助けを求める声だ」

コウタロウも耳を澄ますが何も聞こえない。

「行くぞ」

「えっ？　うわ！」

ザラはコウタロウの腕を掴むと猛然と走り出す。その速度はぐんぐん上がりコウタロウの体は宙に浮き、凧のシッポみたいな状態に。

「う、腕がもげる！」

「仕方ないな」

ザラはいったん止まるとコウタロウをお姫様抱っこし、再び猛スピードで走りだした。

俺はずっと夢を見てるんじゃ……。混乱するコウタロウはザラと共にあるドラッグストアに到着する。

「……え？」

ザラに降ろされたコウタロウが店内に目をやると、拳銃を持った強盗が二人、店員と客を脅して金を奪っているところだった。

「やっぱり助けを求めていた」

そう言うとザラは迷うことなくドラッグストアの中へと入っていく。

「失礼、歯を折っちゃって、痛み止めが欲しいんだけど……」

突然の闖入者に驚く強盗たち。

「何だオマエ！」

次の瞬間、ザラは身をかがめてダッシュし、拳銃のスライドを掴んで一人の顎に頭突きをぶち込むと、そのまま拳銃をもぎ取ってもう一人の鼻の下に銃床を叩きつけた。倒れたそいつからも拳銃を奪い、たちまちチャンバーとマガジンから弾丸を抜いてレジカウンターに並べる。

「というわけで――」

ぶっ倒れている強盗二人の前に屈んで、血だらけの顔を覗き込むザラ。二人とも前歯が全部折れて、戦意を喪失している。

「アスピリンでいいかな？　アレルギーとか、ない？」

この間、わずか十数秒。脅されていた店員と客から、遠慮がちな拍手が贈られる。

「コウタロウ。写真、撮った？」

「……ごめん」

さすがのコウタロウも呆気にとられカメラを向けるのを忘れていた。

「そっか、残念。それじゃあ」

ザラはノックアウトした強盗を子猫のように両手で吊るすと、「これで一枚、頼む」

少年のような笑みを浮かべた。その雄姿を写真に撮りながらコウタロウは考える。超人的な脚力と腕力。そして聴力。まるでスーパーヒーローだ。ザラの身に何が起きたのか？

ふとコウタロウの目がザラの左腕に嵌った腕輪を見つめる。

そうだ。きっとこれのせいだ。この腕輪がザラに超人的パワーを与えたに違いない。

その後、駆け付けたＮＹＰＤの警官に強盗を引き渡すと、事件を聞きつけたマスコミが集まり、ザラとコウタロウを取り囲んだ。幾つものマイクが突き出されカメラのフラッシュが瞬く。

そして翌日の新聞に二人の写真が載った。

「スーパーヒーロー、強盗をノックアウト！」

まさしく夢のような展開。一夜にして二人は世間の注目の的となったのだ。

その後もザラはスーパーヒーローのごとく幾つもの事件で大活躍し、コウタロウは専属カメラマンとしてザラの雄姿をカメラに収めた。その写真は憧れだったタイム誌を皮切りに様々な雑誌の表紙を華々しく飾った。

「やあ、スーパーヒーロー」街を歩けば大人も子供も握手やサインを求めてくる。

アメリカンドリーム。ついに二人は追い求めていた夢を実現したのだ。

「ヒーローになりたい。その気持ちは理解できる」

コウタロウが公園で写真を撮っていると、不意に一人の男が声を掛けてくる。

「だが自分を見失うな。このままだと君たちは、大きな代償を払うことになる」

それだけ言うと男はコウタロウの前を立ち去った。

大きな代償？　どういう意味だろう？

だがコウタロウはすぐにそのことは忘れ、再びザラと一緒に正義のヒーローとして新たな事件を探し求めた。


「こっちだ。いくぞ、コウタロウ」「ＯＫ。ザラ」

夜の街、ザラの聴力がまたも助けを求める誰かの声をキャッチした。二人は人けのないバックストリートに向かう。——と、前方から大きな人影が猛スピードで走って来る。

「助けてくれ‼」まるでレスラーのような巨漢。その手首にはザラと同じ腕輪が。

バシュ！　背後から光弾が巨漢の胸を貫く。前のめりに倒れ、激しく痙攣する男の体がブクブクと泡のように溶けて、消えた。

「なんだよ、これ……！」さすがのザラも顔色を失い、呟く。そして闇の奥から近づく不気味なエンジン音。あの夜と同じだ……！　呆然となるコウタロウたちの前に、空飛ぶパンケーキの上に乗った異星人——ムザン星人が現れる。

「久しぶりだな」ムザン星人はコウタロウを見つめ、言う。

驚いた。異星人がこれほど英語に堪能とは。しかもコウタロウより発音がいい。

「あの夜、写真を撮ったお前を殺そうとしたが、何か危険な存在が接近するのを感知し、あの場では見逃した」

危険な存在？　異星人を怯えさせる存在って……

「その後、回収し損ねた腕輪の作用でヒーローになったお前たち二人の活躍をずっと監視していたよ。滑稽で愉快だったたからだ」

コウタロウの思考を遮りムザン星人が続ける。

「だがもう飽きた。真実を伝えてやる。その腕輪でお前らがなったのはヒーローじゃない。狩りの獲物だ」

狩りの獲物……。あの夜の黒人も、たった今目の前で溶けたレスラーのような男も……。光太郎はようやく今まで目撃した光景の意味を理解する。

「地球人は脆弱すぎて獲物としては面白くない。だからその腕輪で運動能力を少しばかり底上げさせてもらったのだ。危険を察知する聴力、逃走する脚力、歯向かう腕力。だがそれらはネコがネズミをじっくりいたぶり殺すため与えたささやかな武器に過ぎない」

「ふざけるな！　誰がネズミだ！」

ザラが猛然と襲い掛かるが、ムザン星人はパンケーキをひょいと旋回させ、やすやすと躱して見せる。

「そう来なくては。活きの良い獲物ほど仕留め甲斐があるというもの」

ムザン星人が、自身の腕に装着されているパネルを操作する。

「今から貴様達の時間で三十分与えよう。その間逃げきれたなら、腕輪を外して解放してやってもよい」

ザラの腕輪の表面に、異星の文字が浮き出した。刻々と変化している。読めないが、残り時間を表しているのだろう。ザラが、溶かされた男の泡の残滓を見やり、固唾を飲む。

「……本当だな？」

「気に入らないならここで貴様を殺し、次の獲物を探すだけだ。せいぜい必死に逃げるがいい。さあ、ゲームを始めよう」

ムザン星人の頭のガスコードから放たれた光弾が、ザラの足元を穿った。

「ちっくしょう‼」

怒声とも悲鳴ともつかない声を上げてザラが走り出す。

「お前も行け。そのチンケなオモチャに記録するのだ。私の狩りの手際を。お前の同朋の断末魔を」

ムザン星人が再び腕のパネルに指先を走らせると、さっきまで巨漢がつけていた腕輪が宙を飛んで、カメラを持つコウタロウの左腕に装着された。ザラのそれと同じく、刻々と変化する異星文字が浮かんでいる。そして同時に、ザラも感じたであろう感覚の拡張、筋力の増大を体感する。じっとしていられない。目の前にハンターがいるこんな状況でなければ、有頂天になっていたところだ。

遠くでザラの足音が聞こえる。距離と方向、周囲の地理が正確に頭に浮かぶ。

逃げ切るんだ。ザラと一緒に。いや、ザラだけでも。

アイツに目をつけられたのは、全部俺のくだらない好奇心が原因なんだから。

涙が滲んでくるのを感じながら、コウタロウはザラの後を追った。

迷路のような夜のバックストリートを、ザラとコウタロウは必死に走る。きっと腕輪の鎖にぶら下がっている分銅はマーカーだ。ヤツはこちらの位置を正確に掴んでいるに違いない。これがゲームだというのなら、建物を破壊して直進してくるようなチート行為はしないだろう。逃走経路次第では、逃げ切ることも不可能ではないはずだ。

しかし。

光弾が至近を掠めた。ムザン星人はつかず離れず二人を追跡し、光弾を撃ってくる。引き離せない。二手に分かれても、先回りしてゆく手を塞ぎ、合流せざるを得ないルートに追い込まれる。狩りを楽しんでいる。悪夢だ。

ついに行き止まりに追い詰められる二人。ふとコウタロウの脳裏に、公園で出会った男の言葉が甦る。このままでは大きな代償を払うことになる。——代償。

そうか、それは命だったのだ。

「ごめん、ザラ。俺がその腕輪を拾わなければ」

「俺こそ、ごめん。すっかりヒーロー気取りでお前を巻き込んで」

ザラは涙で濡れた顔でコウタロウを見つめる。

「コウタロウ。最後のお願いだ。もう一度、俺を撮ってくれ。俺の……夢を」

そう言うとザラはダンスを踊り始める。震える手足で必死に踊り続ける。コウタロウも震える手でカメラを向け、シャッターを切る。脳裏に初めてザラと出会った日のことが思い起こされる。……そうだ。俺達には夢があった。プロになったお前の最高のダンスを、俺がプロカメラマンとして撮る。最高の写真を。

「もうやめろ。お前達には失望した」

パンケーキの上からハンターが告げる。

「興覚めもいいところだ。まだ時間は残っているというのに、ギブアップとは」

確かに、腕輪の異星文字は、まだ時を刻んでいる。

「獲物には最期の瞬間まで無様にあがき、抵抗してほしかったよ」

文字の変化が止まり、腕輪が外れた。経験したことのない疲労がどっと押し寄せる。腕輪と共に体力の底上げも止まり、前借りしていたエネルギーを全身の細胞が取り立てているのだろう。膝が崩れる。動けない。呼吸するのがやっとだ。

「ゲームオーバーだ」

ムザン星人が頭のガスコードを二人に向ける。

その時、別の声が頭上から響いた。

「いいや、まだ第一ラウンドが終わっただけだ」

「なに⁉」

周囲がオレンジ色の光に照らし出される。見上げると、上空から激しく燃え盛

る火の玉が迫っていた。いや、火の玉ではない。それは、炎に包まれた人間⁉

言葉もないコウタロウとザラ、そしてムザン星人の間に、炎人間は降り立った。

「攻守交替といこう」

炎でどこが顔だか背中だかわからないが、炎人間はムザン星人を振り返り、そう言った。

「あの夜に感知した危険な存在……」

呻くムザン星人に、炎人間が指を三本立てて見せた。

「三分やる。逃げるなり抵抗するなり好きにしろ」

「ほざけ！」

ムザン星人が光弾を連射する。だがそれらは、炎人間が軽く掲げた掌に阻まれ、虚しく弾け散った。まるで線香花火のように。

「⁉」

「……逃げないのか？」

このとき初めて、獲物が自分であることをムザン星人は悟った。

パンケーキを反転させ、脱兎のごとく逃亡する。

炎人間は軽く跳躍すると、サッカーボール程の火球を掌に生成し、投げつけた。

一発目でパンケーキが爆散し、路面に叩きつけられたムザン星人の至近に二発目、三発目が着弾。アスファルトを沸騰させる。

「ひっ！」

跳ね起きたムザン星人の眼前に炎人間が着地し、行く手を塞いだ。

「狩られる側の気分はどうだ？」

炎人間が、燃え滾る右フックをムザン星人の横っ面に叩き込む。

すっ飛んだムザン星人は、勢い余って三十ヤードも滑走し、コウタロウとザラの前で止まった。ビール缶のように潰れた顔面からぷすぷすと白煙が上がっている。

が、よろめきつつも立ち上がり、二人にガスコードの先端を向けた。

「よ、寄るな！　一歩でも動けばこいつらを殺す！」

「……卑怯な！」

「卑怯もラッキョウもあるものか！」

その余計な一言が、炎人間の怒りに油を注いだようだ。

路面に炎の尾を引いて、一瞬のうちに三十ヤードを駆け抜けた炎人間の右手が、ムザン星人の頭のガスコードをむんずと掴む。

「その二人の夢を、未来を、貴様に奪わせはしない!」

そのままムザン星人を引き倒した。ガスコードがちぎれ、炎人間の手の中で消し炭となる。ムザン星人は、唯一の武器を失った頭を両手で押さえて喚き悶絶している。

「お、お前は何だ! 何者なのだ!?」

ムザン星人の問いに、炎人間が答える。

「俺はタロウ。ウルトラマンタロウだ!」

名乗ると同時に、炎人間の両手から噴き出した炎がムザン星人を焼き尽くした。

「うぎゃあああああああ!」

その炎の照り返しを受けながら、肩を貸し合ってコウタロウとザラが立ち上がる。

助かったのだ。

そして炎人間の炎も収まり、一人の男の姿となる。

「……あなたは」

驚くコウタロウ。それは公園で出会った、あの男だった。

「俺は、東光太郎だ」

「……コウタロウ。俺と同じ、名前……」

「今までもそうだった。救えなかった命もある。それでも……漆谷《うるしや》幸太郎くん。君と、君の友人を救えてよかった。……ありがとう」

光太郎はまるで自分自身に向けるように呟き、その場を去っていく。

「何で……お礼を言うのは俺たちです！　ありがとうございます！」

幸太郎は去っていく光太郎の背中にカメラを向け、シャッターを切る。

「……！」

その時、フラッシュの瞬きの中に一瞬、光太郎の横に笑顔で話しかける白人の姿が見えた気がした。

翌朝。ある丘の上。「DAVID LOOMIS」と名前が刻まれた墓石の前に、光太郎は立っていた
「やあ、デイブ。ずっと来れなくて、ごめん」
花束を親友の墓に供える光太郎。
「この力を手にした代償として、俺はお前の命を……未来を奪ってしまった。だから一人でも多くの人の未来を、俺は守る。それしか俺にはできないから」

手を合わせ、デイブに語り掛ける光太郎。と、背後から誰かが立つ。ジャックだ。

「どうやらまた戦う時が来たみたいだ。この世界を守るために」

見上げる空に、いくつもの発光体が飛び交っている。既に連絡は受けていた。いかなる呼びかけにも応答せず、立ち去る気配も見せない正体不明の球体群〈スフィア〉。星団評議会は不干渉原則を盾に、傍観を決め込んでいる。地球人がどう対処するかを見て、対応を検討する腹だろう。いつものことだ。

飛び交うスフィアの群れは、無秩序に見えて着々とマンハッタンの摩天楼上空に集結しつつある。何が起こるにせよ、手遅れになる前に対策を講じなくては。

「一緒に行ってくれるな。タロウ」

「勿論だ」

ジャックの言葉に頷く光太郎。


六時間後。

深夜のマンハッタンの空は、昼にも増して明るかった。

空を埋めるスフィアの大群の光に照らされ、目を開けていられないほどだ。

ビッグアップルは大混乱に陥り、事故や暴動も起こったが、市警の適切な避難誘導と交通封鎖により今は鎮静化している。

　フィフス・アヴェニューとブロードウェイに挟まれたフラットアイアンビルの屋上に、ジャックと光太郎がやってくる。そこには、進次郎、諸星、北斗、早田の四人の仲間が待っていた。

「悪い悪い、申し送りに手間取ってね」

　遅れたことをジャックが詫びるが、市民の避難と封鎖に協力していたことを知る四人は誰も二人を咎めない。諸星が軽く舌打ちしただけだ。

「揃ったな」

　その諸星が告げる。並び立つ六人の顔に迷いはない。

「いくぞ！」

　光太郎が炎に包まれると同時、全員が一斉にＳＵＩＴを装着し、頭上に迫る脅威に対して身構えた。

　来るなら来い。

　俺たちが――ＵＬＴＲＡＭＡＮだ‼

ULTRAMAN SUIT ANOTHER UNIVERSE

あとがき

告白します。私には、ある〝ジンクス〟がありました。ウルトラ関連の小説を出すと次が出版されない。そんな忌まわしいジンクスを、このUAUが覆してくれました。二冊どころか、よもや三冊目が出版されるとは！　豪華なムック本まで出版され、計四冊。UAUの魅力を余す所なく世に出すことができました。思えば初めてこの企画に参加させていただいてから4年ほどの月日が流れました。その間、テレビシリーズでは描き切れなかったアイデア、はたまた新たな視点による物語のリブート、本当に自由に、楽しく書かせてもらいました。二人三脚で小説を仕上げてくれた谷崎さん。円谷プロの石塚P、渋谷P。素晴らしい造形を提供してくれた日野さん。どんな大胆な展開も温かく見守ってくれた原作の清水さん、下口さん。素晴らしい編集をしてくださったホビージャパンの皆様。そしてこの小説を読んでくれた全てのウルトラファンの方々に感謝しています。本当にありがとうございました。ウルトラマンたちの活躍はまだまだ続きます。これからもアツい応援、よろしくお願いします。

長谷川圭一

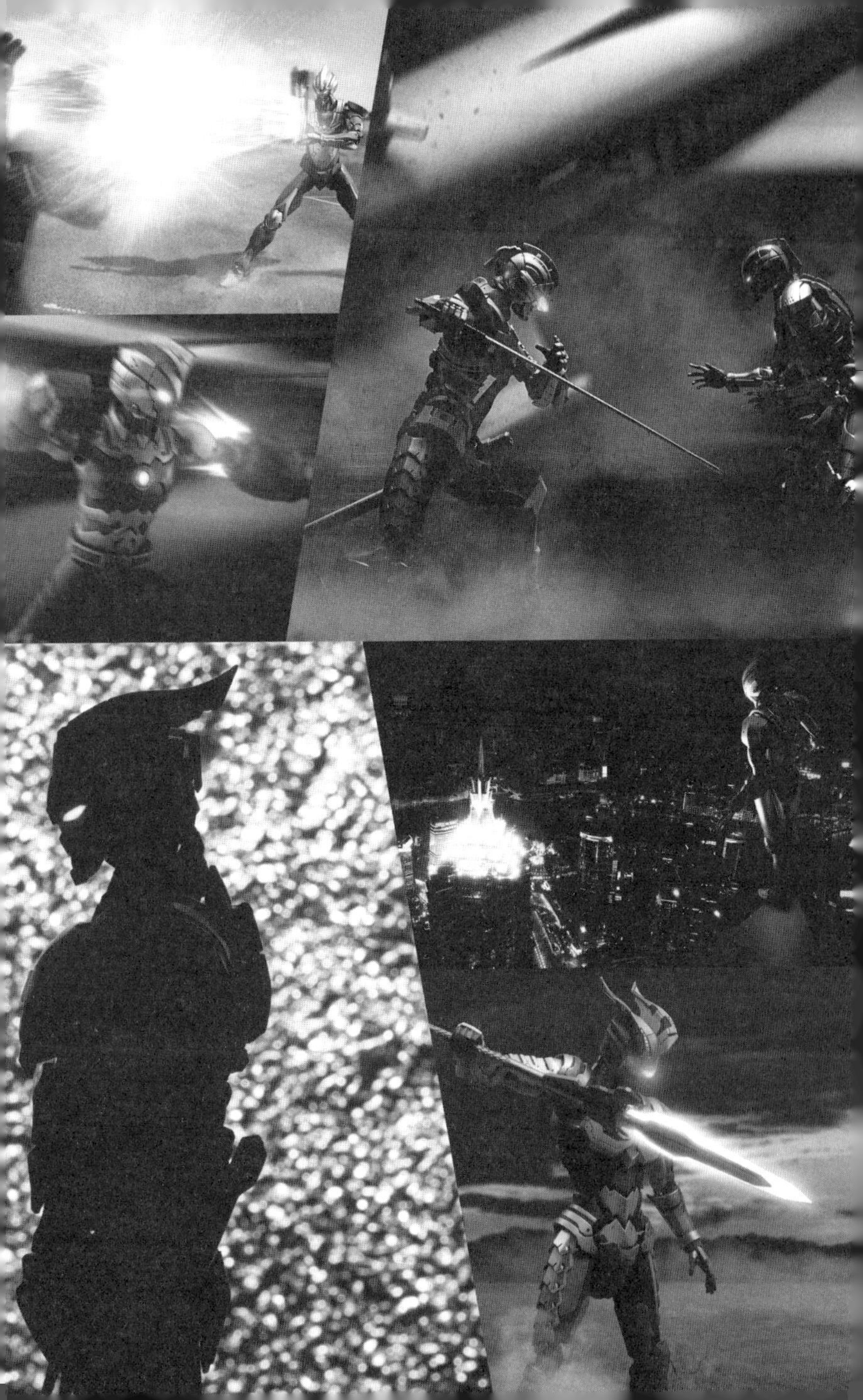

MODELING GALLERY〔作例ギャラリー〕

ULTRAMAN[B TYPE] -ACTION-

BANDAI SPIRITS
1/12スケール プラスチックキット
“Figure-rise Standard”
製作／**只野☆慶**

ULTRAMAN SUIT Ver.7.3 (FULLY ARMED)

BANDAI SPIRITS
ノンスケール プラスチックキット
"Figure-rise Standard"
製作／**只野☆慶**

ULTRAMAN SUIT A

BANDAI SPIRITS
1/12スケール プラスチックキット
"Figure-rise Standard"
製作／**只野☆慶**

ULTRAMAN SUIT ZOFFY

BANDAI SPIRITS
ノンスケール プラスチックキット
“Figure-rise Standard”
製作／**小澤京介**

ULTRAMAN SUIT TIGA

BANDAI SPIRITS
1/12スケール プラスチックキット
"Figure-rise Standard"
製作／只野☆慶

ULTRAMAN SUIT ZERO

BANDAI SPIRITS
1/12スケール プラスチックキット
"Figure-rise Standard"
製作／**只野☆慶**

ULTRAMAN SUIT TARO -ACTION-

BANDAI SPIRITS
ノンスケール プラスチックキット
"Figure-rise Standard"
製作／**只野☆慶**

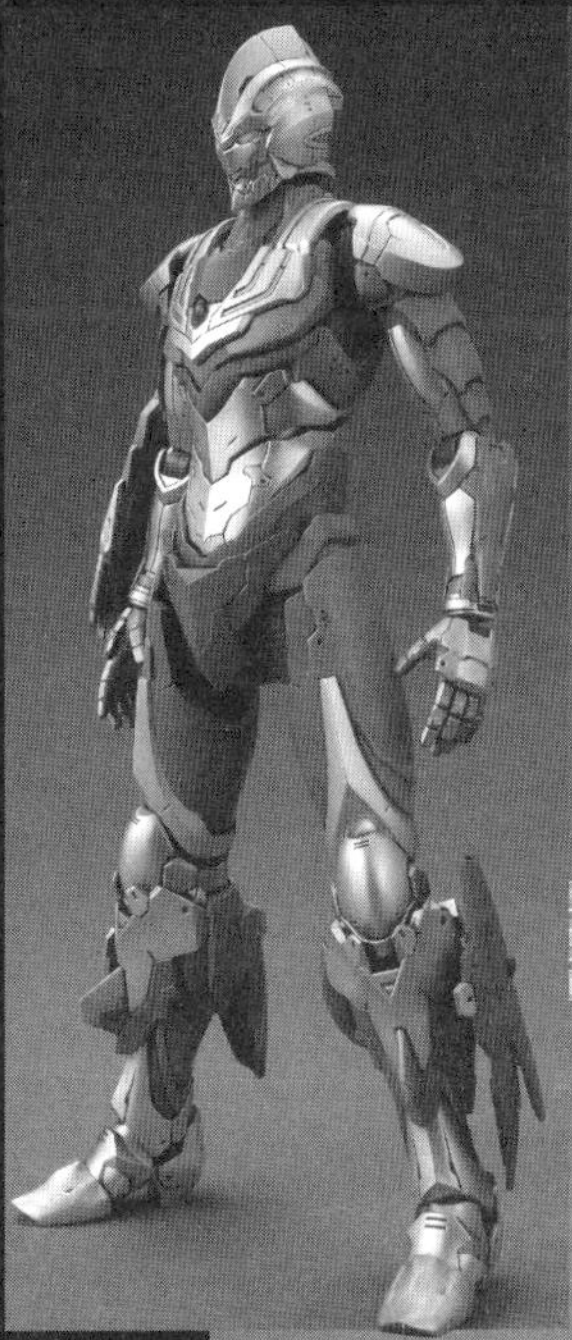

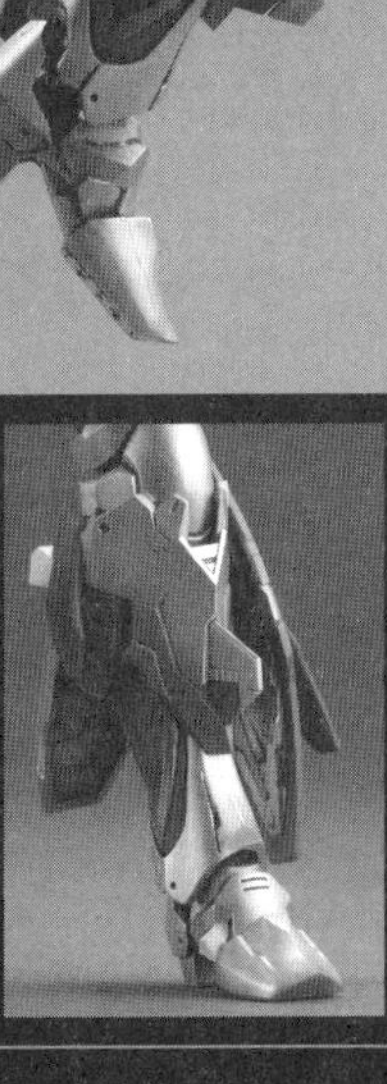

ULTRAMAN SUIT TIGA SKY TYPE

BANDAI SPIRITS
ノンスケール プラスチックキット
"Figure-rise Standard"
製作／**只野☆慶**

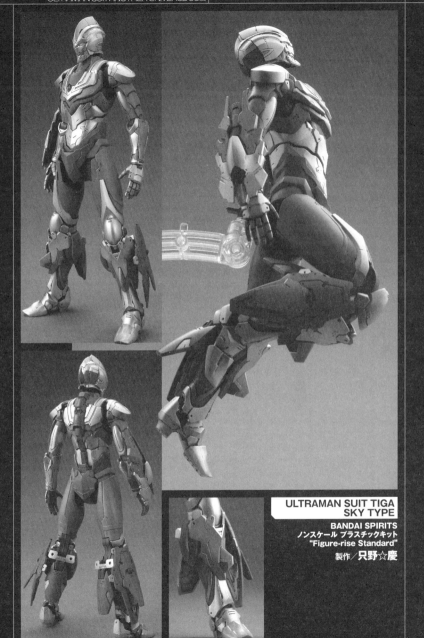

ULTRAMAN SUIT
EVIL TIGA

BANDAI SPIRITS
1/12スケール プラスチックキット
"Figure-rise Standard"
製作／**只野☆慶**

グランドキング

バンダイ ノンスケール PVCモデル
ウルトラ怪獣DX
スーパーグランドキング（SD）使用
製作／山田卓司

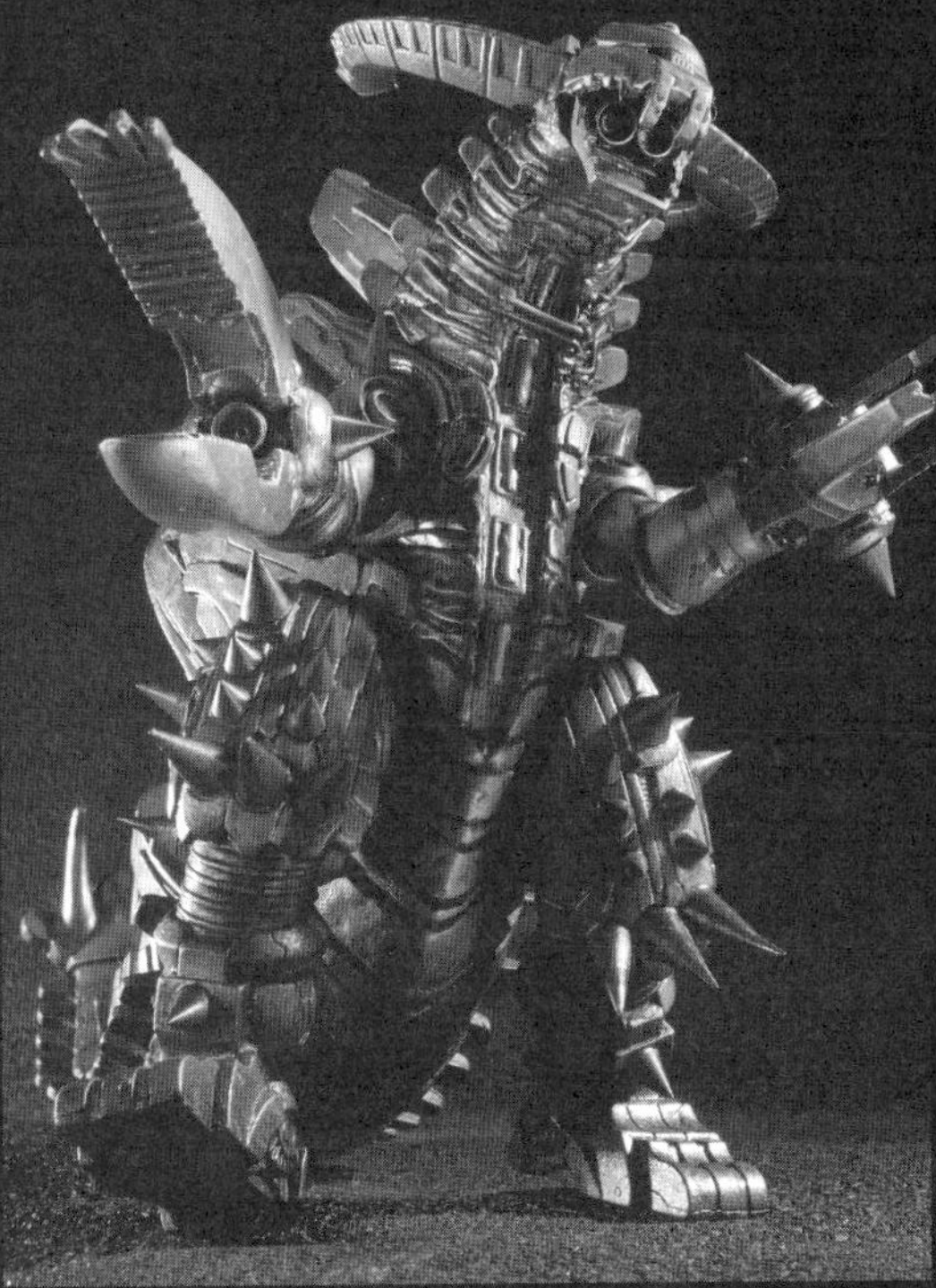

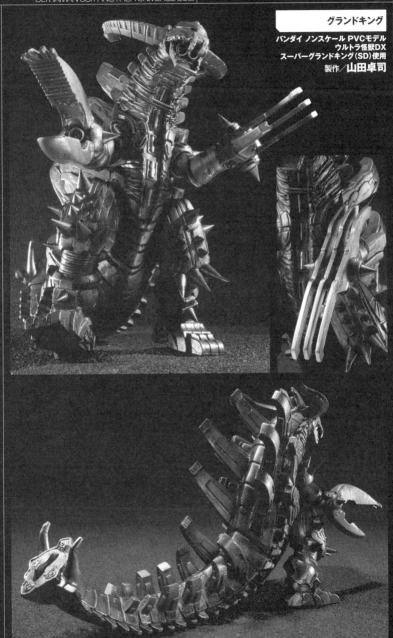

DARK ZAGI SUIT

BANDAI SPIRITS
1/12スケール プラスチックキット
"Figure-rise Standard"
1/12ULTRAMAN SUIT EVIL TIGA使用
製作／**只野☆慶**

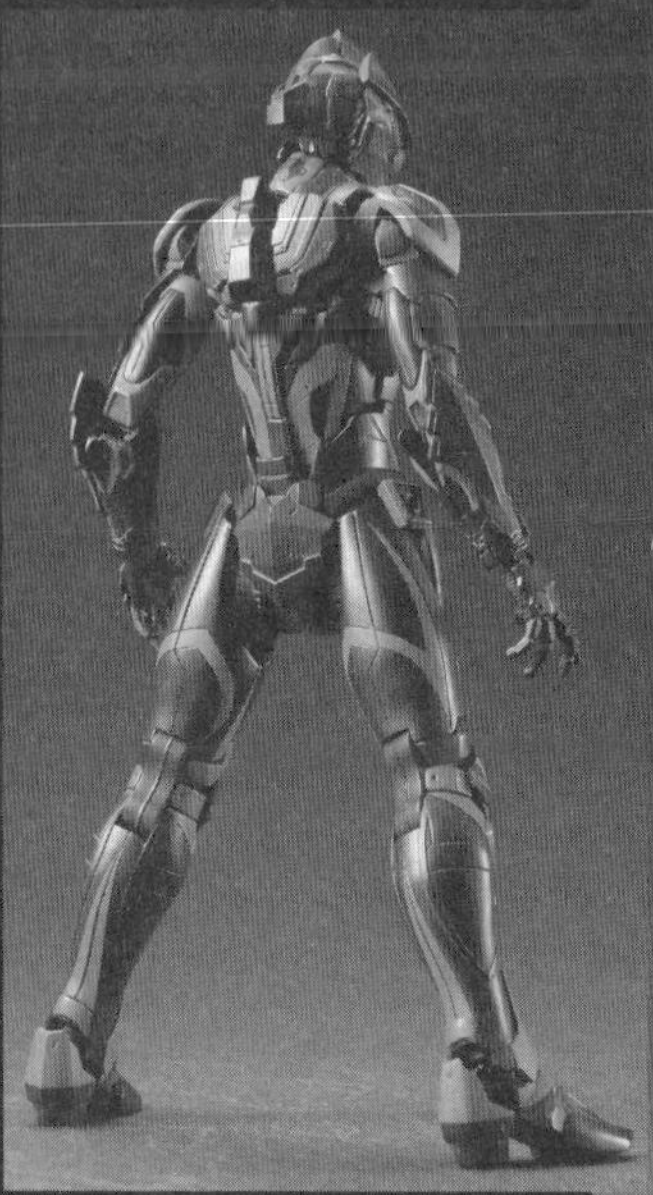

GLITTER TIGA SUIT

BANDAI SPIRITS ノンスケール プラスチックキット
"Figure-rise Standard"
ULTRAMAN SUIT TIGA -ACTION-使用

製作／**Rikka**

ULTRAMAN SUIT ZERO／SH

BANDAI SPIRITS ノンスケール プラスチックキット
"Figure-rise Standard"
ULTRAMAN SUIT ZERO -ACTION-使用

製作／**只野☆慶**

ULTRAMAN SUIT ANOTHER UNIVERSE
8U編

STAFF

ストーリー　長谷川圭一
設定協力　谷崎あきら
原作　『ULTRAMAN』清水栄一×下口智裕／円谷プロ
編集　遠藤彪太
アートディレクター　SOKURA（株式会社ビィピィ）
デザイン　株式会社ビィピィ
カバーイラスト　清水栄一×下口智裕
模型製作　只野☆慶／小澤京介／山田卓司／Rikka
模型撮影　株式会社スタジオアール
協力　株式会社BANDAI SPIRITS ホビーディビジョン
株式会社ヒーローズ

2023年4月4日 初版発行

編集人　木村 学
発行人　松下大介
発行所　株式会社ホビージャパン
〒151-0053　東京都渋谷区代々木2-15-8
TEL 03（5304）7601（編集）
TEL 03（5304）9112（営業）

印刷所　大日本印刷株式会社

Printed in Japan

ISBN978-4-7986-3112-7 C0076

この作品は月刊ホビージャパン2021年12月号～2022年3月号、
2022年6月号～2022年10月号掲載分に新規エピソードを加え、一部加筆修正を行ったものです。